心灵瑜伽

I give
embellishment
to the world

孙道荣 / 著

世界因我
而 美好一点

中国书籍出版社
China Book Press

图书在版编目（CIP）数据

世界因我而美好一点 / 孙道荣著 . — 北京：中国书籍出版社，
2015.5

ISBN 978-7-5068-4928-9

Ⅰ . ①世… Ⅱ . ①孙… Ⅲ . ①散文集－中国－当代

Ⅳ . ① I267

中国版本图书馆 CIP 数据核字（2015）第 108845 号

世界因我而美好一点

孙道荣　著

图书策划	武　斌　崔付建
责任编辑	王　淼
责任印制	孙马飞　马　芝
出版发行	中国书籍出版社
地　　址	北京市丰台区三路居路 97 号（邮编：100073）
电　　话	（010）52257143（总编室）　（010）52257140（发行部）
电子邮箱	eo@chinabp.com.cn
经　　销	全国新华书店
印　　刷	三河市华东印刷有限公司
开　　本	880 毫米 × 1230 毫米　1/32
字　　数	220 千字
印　　张	9
版　　次	2015 年 6 月第 1 版　　2021 年 1 月第 4 次印刷
书　　号	ISBN 978-7-5068-4928-9
定　　价	45.00 元

——目 录——

第二辑　情语：幸福家庭的姿态

第三辑　世语：成为美好的一部分

第四辑　物语：一只拟人化的狗

闲语：走错路看到不一样的风景

装睡的人叫不醒

母亲推门走进孩子的房间，想看看孩子是在做作业，还是在偷玩游戏，却发现孩子已经躺在床上，睡着了。这孩子，还没洗脚呢。母亲轻轻喊着孩子的名字。孩子没反应。又提高了嗓门，叫了几声，孩子翻了个身，继续睡，还发出细微的鼾声。母亲摇摇头，帮孩子掖好被子，关了灯，走出了孩子的房间。

见没动静了，孩子一骨碌从床上爬了起来，手里还拿着游戏机。他是在装睡。

你一定也装睡过，当有人叫你的时候。也许喊你的，是一个你懒得理的人；也许是你明知道起来要去做什么事情，而那又是你一点也不想做的；也许是你正沉浸在自己的世界里，不愿意被打扰；或者什么也不为，就是不想此刻睁开眼睛。你闭着眼睛，呼吸均匀，忍住窃笑，甚至发出鼾声，像一个睡得很沉很死的人一样。

装睡的人，是叫不醒的，除非他自己愿意醒来。

装醉的人，也叫不醒。

有个经典一幕：一帮人去饭店喝酒，酒足饭饱，该买单了。这时候再看桌上，趴着一个，横着一个，竖着一个，看样子，是喝醉了。你喊他，买单。叫不醒。你喊他，该走了。他还是不醒。不过，没关系，等真的有人付了钱，买了单，他就会突然仰起身，大着舌头，举着酒杯，大喝一声："来，干杯！"

在关键的时候，醉了，在适当的时候，自己醒来。这一定是一个装醉的人。

真睡着的人，往往一喊就醒；真醉了的人，对自己的名字，反而可能更敏感。那是本能，或者是条件反射。而装睡和装醉的人，是任你怎么喊叫，也叫不醒的。非但叫不醒，为了装得更逼真一点，他还会发出鼾声，或者满口醉话，胡言乱语。

装疯卖傻的人，你是无法和他讲道理的。你和他讲事实，他与你摆乌龙；你与他谈道理，他和你卖关子。总之是不搭你的调，不理你的茬，不办你的事，不讲真的理。打太极，玩虚招，还装作一脸无辜，一片茫然的样子，让人徒唤奈何。这样的人，自然不疯也不傻，而是聪明之极，精明之极，涉及自己的切身利益时，他们比谁都清醒，比谁都精干，也比谁都麻利，比谁都果决。

装模作样的人，是不会真心对人、用心办事的。他所做的，只是端个架子，摆个样子，做个姿态，走个过场。当面是一套，背后又是一套；说的是一套，做的又是一套；领导面前是一套，群众面前又是一套；对别人是一套，对自己又是一套。你永远无法搞清，哪个才是他真实的面孔，真实的目的。

装腔作势的人，是难以担当的。这样的人，善于拿腔拿调，总是虚情假意，处处惺惺作态，遇事矫揉造作，表现道貌岸然，实乃故弄玄虚。一个装腔作势的人，唱的必然是空城计，说的必然是莫须有，做的必然是假大空。

　　装睡、装醉、装疯卖傻、装模作样、装腔作势……它们都有一个共同的特点，那就是一个字——"装"。装，是它们的幌子，是一道屏障。就像装睡的人叫不醒一样，无论是对待装疯卖傻的人，还是装腔作势之徒，要想还其本来面目，就必须先撕掉他们的面纱，让他们无法再伪装下去。

　　你有没有"装"过？别装作没听见。

你有什么让人羡慕

回乡探亲。去拜望一位小时候的同窗。从小学到初中，我们俩一直是同班，后来，他因为家庭变故辍学了，小小年纪就挑起了家庭的重担，生活一直很艰辛。在他的盛情邀请下，晚上就住在他家。他让妻子小孩睡另一个房间，我们俩睡一个房间。我们躺在床头，又聊了很久。言语之中，他流露出对我的羡慕：上过大学，在大城市工作，收入高，还会写文章；不像他，生活总是很艰难，以前拉扯孩子，好不容易孩子大了，儿子结婚盖房子借的债，又像大山一样压着他……我不知道怎么安慰他，说实话，如果不是辍学，以他的成绩，一定会比我优异得多。

见我打哈欠，他满怀歉意地笑笑，不好意思，跑了一天，你一定累坏了，那我们睡吧。我点点头，他关了电灯。

闭上眼睛，我却怎么也睡不着。不是因为换了环境。很久以来，我的睡眠一直很差，平时在家里，明明很困了，我也要辗转反侧很长时间，才能迷迷糊糊睡着。这已经成了我最头疼的事情。

没一会儿，我听到了细微的鼾声。他已经睡着了。我的头昏昏沉沉，却就是无法睡着。多么希望能像他一样，这么快就进入梦乡啊。

第二天一早，他起床了。看着我的黑眼圈，他愧疚地说："昨晚没睡好吧，是不是我打鼾影响了你？我这人，就是这个毛病，头一挨着枕头，就会睡着，跟头猪似的。"我摇摇头，对他说："你的鼾声不大，没影响到我。"我拍拍他的肩膀，说："其实，我也非常非常羡慕你。"

他诧异地看着我，说："别开玩笑了，我都这个样子了，还有什么让你羡慕的？"

"很想跟你一样，像一头猪，倒头就能睡着。"我真诚地对他说。

这是我的真心话，没有半点矫情。如果能睡个瓷实觉，我宁愿拿我所拥有的很多东西去交换。

别人羡慕你的，未必是你最宝贵的东西；而你羡慕别人的，一定是你所没有的，也是最渴望得到的。

我的大学同学章，仕途一路顺风，不到四十岁，就已经官至副厅级，令很多人羡慕不已。但章同学却非常羡慕我们的另一个同学王，王同学一直在一所中学当老师，日子过得平平淡淡，这么多年了，连个教导主任都没混上，但他的女儿却特别优秀，高中没毕业，就被保送进了一所名牌大学，而且，女儿特别懂事。章同学之所以如此羡慕王同学，是因为他自己的孩子一点也不省心，让他觉得自己后继无望。他经常对我们感叹，宁愿自己仕途坎坷点，甚至没有一官半职，也希望自己的孩子能像王同学的女儿那样。

我的同事老李，这些年承包单位的广告，挣了不少钱，买了别墅，开着豪车，让全单位的人都羡慕、眼红。可是，老李看起来却并不开心，他的几次婚姻，都以失败告终。虽然他的身边，永远不乏美女，但却不能给他丝毫幸福感。老李最羡慕的人，是我们单位的司机老赵，老赵的妻子，是大家公认的贤惠、善良、明理的女人，不但持家有方，还把老赵照顾得无微不至。

有次去医院看望一位朋友，他是一个非常成功的企业家，通过二十多年的努力，将一个小规模的家庭作坊，办成了资产数十亿的集团公司。我走进病房的时候，他正站在窗前，凝神向外看着什么。我走到他身边，也探身看看窗外，窗外是一条马路，车辆行人不多，一个车夫正在吃力地拉着一辆装满货物的平板车，虽然是寒冷的冬天，却浑身冒着热气。朋友指着那个车夫，喃喃地说："我要能有他那副身板，那把力气，那个劲头，该多好啊。"言语之间，流露出无限的感慨和羡慕。我忽然想，假如那个车夫在寒风中突然抬起头，看见站在温暖如春的房间内的朋友，会不会生出无限的艳羡呢？

忽然明白，在这个世界上，你不可能什么都拥有，同样，也不可能一无是处，在你羡慕别人的时候，请记住，你也一定拥有让别人羡慕不已的东西，那就是你的珍宝。

九句真话和一句谎言

被朋友拉去听一个关于养生的讲座。主讲人有一串很大的名头，在圈内有不小的影响力。

说实话，我是带着抵触情绪来听的。对类似的讲座，我一向没有好感，认为不过是一种推销术，讲来讲去，其最终目的，无非要推销某个理念，或者某种产品。

这次，听着听着，却入了迷。不得不承认，主讲人讲的都是养生常识，以及容易让人混淆的误区。比如，有一段时间十分流行的一个养生之道——每天喝八杯水保健康。主讲人言辞恳切而尖锐地指出，每个人所需要的水分其实并不一样，喝多了不但无益健康，还会造成肾脏的负担。

对诸如此类的养生误区，主讲人一一剖析，言之在理，听讲的众位，不时发出感叹之声。看得出，大家显然都被错误的养生之道，贻害已久，所幸今天遇到了真正的养生大师，讲的句句是实话，字

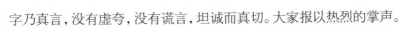

字乃真言，没有虚夸，没有谎言，坦诚而真切。大家报以热烈的掌声。

主讲人忽然话锋一转，拿出了讲台下的某个产品，开始介绍起产品特殊的功能。

我猛然惊醒，这才是她要讲的正题啊。而前面所讲的所有的真话、实话，只是一个又一个铺垫。

那场讲座的尾声，很多人甘愿掏腰包，纷纷抢购其带来的某养生产品。

后来我和朋友探讨主讲人的手腕，很简单，前面讲了九句真话，就为了最后一句谎言。而因为有了九句真话的铺垫，使最后一句谎言，看起来像真话一样诚恳可信。于是，众人被迷惑了，一切水到渠成。

一个谎话连篇的人，很容易就被人识破、戳穿，换句话说，没人会信任一个满口谎言的人。但如果九句真话中，只掺杂了一句谎言呢？情形恐怕就完全不同，人们很容易在前面真话的诱导下，放松了警惕，而将那句谎言也奉为真话。

看过很多科幻电影，为什么明知是科幻片，很多人看着看着，却信以为真？道理很简单，科幻片的基底，是建立在众多早已被验证了的科普知识之上的，也就是说，它的基础，是建立在常识之上的。前不久我看过一部科幻大片《盗梦空间》，故事惊心动魄，引人入胜。哪怕我们知道，梦是虚幻的，那么，梦境可以被入侵窃取吗？常识告诉我们，这是不可能的。但是，这部电影里面，却告诉了我们很多"常识"，比如它明确地告诉你，梦是非现实存在的；梦里的 5 分钟，相当于现实中的一个小时；心理学上的研究表明，催眠师很难让被催眠者做出违反他们自身意愿的举动，基于这个科学依据，电影中将思想植入设定为最困难的境界，使人相信它的科学合理性，而不是胡编乱造的无厘头……在合理的"常识"掩护下，盗梦变得似乎不再是空穴来风，而成为一种可能。现实和虚幻，相互交融。

有个同事，自诩从来不讲假话，在我们平素与他的交往中，也确实感受到了这一点，他的实诚，为他赢得了信任和尊重。一次几个人聚在一起打牌，他的妻子忽然打来电话，问他在做什么，他平静地回答，在和领导谈工作。他的妻子相信了。我们都错愕不已，这本是一个无伤大雅的谎言，但这句小小的谎言，却让我们对他有了新的认识。他真的如他所言，从没有对我们说过谎吗？还是我们根本没有识破？

我宁愿相信这个世界上，真的有从来不说谎的人，但更大的可能性是，他说了九句真话，却有一句是假话。一种可能是，他无意间不慎冒出了一句谎言；还有一种可能是，他讲了九句真话，目的就只为了让你相信最后那句谎言。被九句真话层层包裹的那句谎言，往往具有更大的欺骗性，听起来比真话更像真话。我们要小心谎言，尤其要警惕真话掩盖下的那句谎言。

时间不是老人

一直以为，时间真是个老人。

没有人能告诉我们，时间有多老。时间比三皇五帝更老，比开天地的盘古更老，比古希腊的时间之神克罗诺斯更老。我们能够追溯的人类历史，据考古专家们的观点，大约400多万年，而在此之前，时间就存在了。时间比我们已知的任何一个人更老，比我们已知的任何一个神仙更老，也比我们已知的任何一件事物更老。

因为无法确切地知道时间到底有多大年龄，人们于是相信，时间是个老人。

还有一个更重要的原因，那就是，人们宁愿相信时间是个老人。

因为，如果时间是个老人，它就会步履蹒跚，我们的脚步就可以追赶上它；如果时间是个老人，它就会慈悲为怀，慷慨地给予我们更多一点时间；如果时间是个老人，它的手就会绵软无力，经常像沙子一样遗漏一点时间给我们；如果时间是个老人，它的耳朵背了，听不到我们试图窃取它的时光的计谋；如果时间是个老人，它就会眼神不济，看不到我们大把大把荒度的时光，而因此惩戒我们；如果时间是个老人，它的神志也许就不再那么清醒，我们可以乘机糊弄糊弄它老人家，肆意地耗费它给予我们的时光……没错，如果时间是个老人，我们就可以轻松地向它预借一点，骗取一点，偷拿一点，甚至是巧取豪夺一点更多的时间；或者可以没节度、无羞愧、不自责地耗费一点、虚掷一点、浪费一点、透支一点属于我们或根本就不属于我们的时间。

如果时间真是个老人的话，那一切就太美好如意了，我们可以远离它的视线，摆脱它的掌控，挣开它的束缚，逃避它的惩戒，甚或可以纵横驰骋，为所欲为，天地之间，唯我为大。还有什么比挣脱时间的枷锁，更让人开心的吗？人生苦短，从此成为笑谈。

可惜，时间不是老人。它精明，敏锐，睿智，洞察秋毫，秉公无私，神力无边。任何企图逾越、凌驾时间之上的行为，都注定要被时间击溃。在时间面前的任何投机取巧，都不堪一击。

把时间比喻成老人，可以说是人类最蹩脚的一个比喻。

时间像个调皮的顽童，它和你玩耍、嬉闹、游戏，却在不知不觉中，把给你的时间，都悄悄地藏起来了；时间又像个害羞的少女，含情脉脉，令人痴迷、销魂，你以为可以和它进行一场旷世的爱恋，它却神不知鬼不觉地把你的时间，销蚀殆尽；时间还像个威武的壮士，守护着自己的阵地，任何对时间的企图，都将被它一拳砸烂；时间也像个主妇，如果你精打细算，勤俭有为，它就会用擀面杖，将你的时间，碾压得又细又长，让你受用终生。

有时候，时间更像个吝啬鬼，惜土如金，永远别指望从它手上，多拿一秒钟；时间又可能就是个魔鬼，手持魔杖，时刻准备剥夺本属于你的时间；时间也可能像个天使，给予珍惜它的人，更多一点回馈。当然，正如人们习惯比喻的那样，时间也可能真的就是个老人，这位老人，德高望重，洞悉一切，令人敬畏，不容冒犯。

其实，在我看来，时间更像是一面镜子，它竖在我们每个人的心中，你以怎样的面目出现，以怎样的态度对待时间，时间就还你一个最真实的你。在时间面前，从无例外。

公交车上的人生哲学

一辆公交车停靠在起点站，等待乘客。又上来了一位乘客，不慌不忙地走上车，像个绅士。车上稀稀拉拉只有十几个乘客，几乎都是靠窗坐的，也基本上是一个人独坐，除非是同行的人，才会坐在一起。这位乘客也找了一个靠窗的座位，坐下。人少，位子多，人们都会选择一个视野比较好、坐着舒适的座位。

如果起点站等待的乘客比较多的话，情况就会有所不同。一辆公交车进站了，大家会争先恐后地抢着上车，为的是确保自己能有一个座位。即使人不是太多，明知道每个人都会有座位，但不少人还是会抢，因为他希望能占一个好一点的座位。

空座位多的时候，大多数人不会选择标明是"照顾专座"的位子，因为谁都知道，那是留给老幼病残人士的。但凡有一点廉耻感、同情心的人，坐在上面都会不自在，即使车上并没有老幼病残的人。不过，如果车上没有其他空座位了，很多人就可能一屁股坐在"照顾专座"上。这样的人大致也可以分成两类：一类会想，我先坐一会，等到有需要的人上来了，我再让给他；还有一类人，会心安理得地一直坐在"照顾专座"上，哪怕身边就站着一位白发苍苍的老人，或腆着大肚皮摇摇晃晃的孕妇。

公交车驶动了，进入下一站。等待在站牌下的人，翘首以待。如果车上还有空座位的话，站台就会特别骚动，因为大家都希望自己能第一个挤上车，抢到一个难得的座位。如果看见公交车上有人站着，说明已经没有空座位了，拥挤情况反而会好一点，因为挤没有任何用处，即使先挤上去，也并不能占到什么好处。很多时候就是这样，只要有一点希望，有一点空隙，有一点好处，就会有人设法挤占，毫无希望了，心态反而变平和了。

公交车继续往前行驶。车上的乘客已经很多了，没有一个空座位，连"照顾专座"都坐满了该坐或不该坐的人，很多人不得不站着。公交车又驶进了一站。等候在站台上的人，看见已经有点拥挤的车厢，会变得更加焦躁，迫不及待，所有的人都拼命地往车门里挤，为的是能挤上这班车，谁都怕被落下。你经常能听到车下的人一边挤，一边往车里喊："请往里挤一挤嘛！""拜托，再挤一挤，我急着上班！"

最后一个人，终于也挤上车了，车门吃力地关上。他长吁了一口气，庆幸自己总算挤上来了。车厢里拥挤不堪，混杂着各种气息。公交车驶动了，车厢里的乘客，左右摇晃，变得稍稍松动了一点。公交车又进站了。这是一个小站，站台上只有一个候车的乘客，他大声地往车里喊："我赶火车，上一趟公交车就没挤上，再赶不上这趟车，我就赶不上火车了。里面还有空隙，麻烦大家再挤进去一点，谢谢了！"司机也请大家再往里挤一点。车厢里的人牢骚满腹，站在车门口最后一个上车的乘客，嗓门最大，声音最愤怒："怎么挤啊？都会挤成肉饼了。"车上和车下，就是这么不同。已经上车的人，就像一群利益既得者，永远不希望分出一杯羹，虽然可能他自己刚刚也为了能挤上车，而苦苦哀求过他人。

如果在半路上，上来一位老幼病残人士，往往是坐在前面的人，会主动站起来，为他让座，而非本不该坐在"照顾专座"上的人。还有一种比较常见的现象是，如果车上有一个人，主动给他人让座，那么，后面再有老幼病残上车，就可能有更多的人主动让座。反之，如果上来一个孕妇，无人肯站起来，那么，再上来一个老人，也难免会遭受同样的待遇。善心会传递，也会传染。

这辆公交车，就行驶在繁华的街区，它是我们生活的一个缩影，一份真实的写照。世态百相，人心冷暖，尽在其中。你我都是这趟车上的乘客，想一想，我们又该有怎样的表现？

底 色

还在襁褓的时候，妈妈给他围的围巾就是灰色的。颜色靓丽的围巾好看，但是不耐脏，而灰色的围巾，即使沾了奶水、菜汁什么的，也不太容易看出来，而且容易清洗。他最早看到也是离他最近的颜色，就是灰色。他从小就习惯了这种颜色。

小时候，他穿的衣服，基本上也只有两种颜色：灰色和黑色。像所有的男孩子一样，他很调皮，喜欢在草地上翻滚，喜欢玩泥巴，经常将双手、小脸和衣服弄得脏兮兮的。灰黑色的衣服，脏了也不显眼，这也许是父母总是让他穿灰黑色衣服的原因。当然，看到别的孩子，穿着颜色鲜艳的衣服，他也羡慕过，嫉妒过，但很快他就适应了，他觉得，再好看的衣裳有什么用，稍不留意就脏了，而自己的衣服，即使脏了，甚至脏得不成样子了，也不怎么醒目刺眼。新的和旧的一样，旧的和脏的一样，他觉得这很好。

上学了，他学会了写字。开始的时候，大家都是用铅笔，他也用铅笔。铅笔最大的好处是，写错了，用橡皮一擦，错误就消失了。三年级开始，别的同学开始使用钢笔了，钢笔写的字，更清晰，更正式，也更有力量。他还是用铅笔，因为他觉得自己老是会写错，不是偏旁错了，就是音标错了；不是数学的式子摆错了，就是结果算错了，总之，一定会犯错。如果是钢笔写的，错误就难以更改，而铅笔写的，就容易多了，随时可以擦掉，更改。因此，他一直使用铅笔。直到初中快毕业了，老师强制性要求用钢笔书写，他才极不情愿也极不习惯地将铅笔换成钢笔。结果，他的作业本和考试试卷，总是被涂改得一塌糊涂，像一张大花脸。

十八岁那年，他终于也考取了一所大学，学校在外地。父母很担心，因为他的自理能力太差了，一个人到外地上学，他一点也不会照顾自己，不会洗衣服，不会削水果，甚至不会一个人去理发店理发，这让父母实在放心不下。父母为他买好了所有的生活用品，衣服很多套，依然不是灰色的，就是黑色的，耐脏；床单和被套也是灰色的，耐脏；鞋也是灰色的，耐脏；就连洗脸的盆子、毛巾、牙刷，也都是灰色的，还是因为耐脏。父母知道，他不会洗，也洗不干净，唯有灰色的，脏与不脏，难以分辨，得过且过吧。就这样，他的大学生活开始了。每到假期，他都会大包小包地将所有的衣物都带回来清洗。几乎已经辨别不出本来的颜色了，好在灰色的东西，加上一层污垢，也还是灰色的。

大学毕业之后，他进了父母早早为他联系好的单位。谢天谢地，父母有先见之明，认定他不会有什么大出息，既没指望他考上研究生，更不敢希冀他能凭自己的力量找到好单位，所以，父母未雨绸缪，在他读大学期间，就凭一张老脸，四处托人找关系，求爹爹告奶奶，为他谋得一份差事。单位虽然不太理想，但总算有一个饭碗了，可以安安稳稳地过日子。

世界因我而美好一点

020

　　到了婚嫁之年。他本来看中了一个女孩，是他的同学，但父母认为女孩家在千里之外，而且心气太高，根本不靠谱。最后，父母出面，介绍了个老同事的女儿，长得一点也不出色，关键的是，不是他心目中的女孩。但父母说了，成家不就是为了有个伴一起过日子吗，女孩本分，知根知底，不就足够了吗？他懒得反抗，他也早已习惯了父母的安排，就这样，他和女孩见过几面，就成亲了。

　　后来，他们有了自己的房子。装修的时候，他翻了很多装修参考书，也参观了好几个同事的新房，心中泛起一丝微澜，他冒出一个念头，将新房装修、布置得温馨、典雅、现代一些。但最终，他还是选择将墙壁刷成灰色，木地板选用深紫色的，门和边框则是暗灰色的。虽然他觉得，这样的色调不好看，显得沉闷，但是，最大的好处是，耐脏，而洁白的墙、鲜艳的地板，有一点灰尘和污渍，都毫发毕现。他宁愿难看一点。

　　再后来，他也有了自己的孩子。他给孩子买了灰色的肚兜和围巾，给粉嫩的孩子围上后，他搓搓手，长长地吁了一口气，这样，就不怕孩子弄脏肚兜和围巾了。

　　现在，每天，他穿着那件灰色的外套、夹着土色的皮包，骑着黑色的自行车去上班，朝九晚五，很规律，同事们都喊他老某。他苦笑笑，自己才三十出头啊。但他很快就习惯了，他的身影，与灰色的街道，雾霾的空气，以及日复一日的工作和生活，如此协调。

　　他是谁？也许是我，也许是你，也许是他。

孩子，你的缺点恰是我们的不足

去一位朋友家串门，见朋友一脸沮丧，我惊问原因。朋友妻子指指孩子的房间，轻声对我说："儿子今天在学校和同学打架了。"

起因是一件很小的事。课间活动时，几个同学在教室里互相追逐嬉闹，其中一个同学，不小心撞到了正在座位上补做作业的朋友孩子的胳膊，将他的作业本撞翻在地。朋友的孩子恼怒地站起来，和那个同学理论，几句话不合，就扭打在了一起。好在老师及时赶到制止。

"男孩子好动，也容易冲动，发生一些小摩擦，甚至是打架，是很正常的事情。"我劝朋友。朋友叹了口气，说："这确实是一件小事，儿子和他的那个同学，也都没有受伤，但他本可以用好一点的办法来处理这件事，比如和那位同学好好沟通一下，或者一笑了之，哪怕是请老师来评理呢。但孩子却粗暴地选择了动拳头。"

朋友皱着眉头说："最让我担心的是，通过这件事情，我从儿子身上，再一次看到了自己的影子。"

一旁朋友的妻子点了点头："儿子的性格，是越来越像你了，遇到事情，特别急躁，也特别容易冲动。就说那次坐公交车吧，因为一个座位，你和一个乘客发生争执，还差一点动了手。虽然最后你为我们母子俩争到了这个座位，但我宁愿站着，也不愿意你在孩子面前，因为一点点小事而和别人争吵的样子。你知道吗，你的样子越凶，气势上越占上风，就越给孩子树立了一个不好的样板。"

朋友的性格我是了解的，直爽，易激动，像火药桶一样，一点就爆。我们在同一单位，为了工作上的事情，朋友时常会和同事发生争执，有时甚至会拍桌子甩板凳。虽然朋友工作能力很强，也没有什么私心，但就因为性格暴躁，而得罪了不少人，担任主任这么多年了，一直没能再进步。

朋友讪笑着说："你知道的，这些年，我吃了很多脾气的亏，我不希望我的孩子将来像我一样。让我痛心的是，儿子的性格偏偏越来越像我了。今天，刚接到老师的电话时，我确实气得受不了，预备着儿子放学回来好好收拾他一顿。后来冷静下来一想，孩子这个毛病不是天生的，多多少少是受到了我的影响，才变得这么急躁，这么冲动的。一个晚上，我都在思考怎么和儿子谈这个问题。不怕你笑话，我想好了，决定先向儿子道个歉，反省一下我自己待人处世的态度，然后，再来谈他的问题。"

我拍拍朋友的肩膀。我相信，有了这个态度，朋友夫妻俩一定能够妥善地处理好这起小小的事件。

从朋友家出来，往回走的路上，我陷入了沉思。同样作为父亲，在我的孩子成长过程中，我又起到了什么作用呢？和天下的父母一样，我当然希望自己的孩子正直、善良、友善，成为一个好人，一个有用的人。可是，有时候，我们的教育和愿望，却是和自己的行为相左的，换句话说，我们要求孩子做到的，其实我们自己用的却完全是另一套。

我也有教训。有一次，和孩子一起逛街，他买了一杯可乐，边走边喝。喝完了，他随手将可乐杯扔在了路边，而不远处就有一个垃圾桶。我当场指出了他的这个错误行为。没想到，儿子反唇相讥："还说我呢，你经常一边开车，一边吃早点，吃完了，就随手将塑料袋扔到了车窗外。"那一刻，我忽然无话可说。我默默地返身，弯腰去捡儿子扔在地上的可乐杯。让我欣慰的是，儿子见我要去捡可乐杯，赶在我的前面，捡了起来，不声不响地扔进了不远处的垃圾桶里。我摸摸孩子的头，不是我教育了他，而是他给我上了一课啊。

最近一段时间，发生了很多所谓的"坑爹"事件，孩子铸成了一桩桩大错，酿出了一出出悲剧，既祸害了他人，也悲苦了自己和家人。事情的表面，是孩子不懂事，不明理，不守法，"坑"了爹，事实上，这个"坑"，不是孩子挖的，很可能是父母自己不知不觉地挖下的啊！

在孩子漫长的成长过程中，一定会暴露出各种各样的缺点，犯下这样那样的错误，有的是因为孩子懵懂无知，需要我们不断正确地去引导；有的却是因为孩子受到了错误的潜移默化的影响，其根子不在孩子，而在父母、成人和整个社会。

我想对我的孩子说，孩子，你身上的缺点不是你一个人的错，它恰恰是我们做父母的不足。作为你的父亲，我不是完人，因而，我可能无法使你成为一个完美的人，但是，我会坚持每天改善一点，进步一点，因为我知道，我们每自觉地向前跨一步，你就可能会少一个坏榜样，多一分正能量。

在什么声音中醒来

他是家里最勤快的人，每天一大早，总是第一个起床。

起床之后，他做的第一件事情，不是洗漱，不是晨练，也不忙于做早饭，而是先将客厅、厨房和卫生间逐一检查一遍，看看有没有遭到花花的破坏。花花是他们家养的一条狗。花花很聪明，也非常乖巧，讨人喜爱，但它有个令人讨厌的毛病，喜欢撕咬东西。为了避免被花花撕咬，他将物品都尽量放在高处。但花花总有办法，找到一些东西撕咬，有时是一张纸，有时是一只塑料袋，有时是一块碎布，被它撕成碎片，散落一地。

虽然破坏不大，但还是让他很恼火。看着地上的碎片，他怒不可遏地将花花揪到"罪证"面前，厉声呵斥，声如洪雷。花花知道又做了错事，乖巧地匍匐在他的脚下，摇尾乞怜。但这丝毫也不能抑制他心中的怒火，天天早晨得替一条狗收拾残局，已让他不胜其烦。他一边收拾，一边大声责骂，有时候还忍不住踢花花一脚，花花嗷嗷叫着跑开。

在他的斥骂声中，妻子起床了。为了让妻子多睡一会儿，他起床时，总是蹑手蹑脚，小心翼翼，不弄出一点声响。妻子揉着惺忪的睡眼，看看他，又看看花花，无奈地问："花花又搞破坏了？"他点点头，"可不是，这次它将厨房垃圾桶里的东西都翻出来了，弄得满地都是，你说可气不可气？"妻子叹了口气，"你老是这样责骂它，打它，怕是只会激发它的报复心呢。""它敢！"他扯着嗓门喊道，"它敢报复，看我不打死它！"

儿子也打着哈欠走出了房间，一脸倦容，一脸郁闷的样子。

看到妻子和儿子都起床了，他赶紧去准备早饭。

每天都是这样。

一个星期天，他一早起床后，又发现花花搞破坏了，将他昨天带回来的一张报纸撕成了碎片，散落在客厅一地。他怒火冲天地追着花花，一边大声责骂，一边用扫帚追打。

儿子的房门突然打开了。儿子披着睡衣走了出来，恼怒地对他说："老爸，你能不能不要每天早晨都这样吼叫？天天都是被你的叫骂声惊醒的，搞得人一大早就心情压抑。"

他举在半空中的扫帚僵住了，愣愣地看着儿子，我不是想吵醒你们，只是花花又可恶地搞破坏了。

儿子摸摸躲到他身边的花花说："花花搞破坏，是不好，可是你知不知道，你这样大声地叱骂它，在房间里都听得人心惊肉跳，把我们一天的心情都搞坏了，早上到了单位上班，都缓不过劲来。而且，一大早就动肝火，对你自己的健康也没什么好处。你就不能让我们在愉快的心情中，睁开眼睛，开始美好的一天吗？"

他怔怔地看着儿子。

第二天一大早，他照例早起，照例将家里巡视一遍。花花又搞了一点小破坏，他正欲发火，话到嘴边，又强咽了回去。他摸摸花花的头，柔声对它说："你看看，你又搞破坏了，这个习惯可不好，下次不能这样了哦。"花花乖巧地匍匐在他面前。他不知道，它有没有听懂他的话。

将碎片简单地收拾好，他去准备一家人的早餐。不知道为什么，他的心情比平时轻松多了。煎鸡蛋的时候，他甚至情不自禁地哼起了小调。

妻子和儿子也相继起床了。儿子笑着对他说："爸，我在床上就闻到了煎鸡蛋的香味。"妻子笑着对他说："今天真是太阳从西边出来了，花花没搞破坏？没听到你雷鸣般的怒吼声嘛，倒是听到了你很久没哼的那个老调了。"

他也笑笑，"花花还是搞了一点小破坏，不过，只是一片纸而已，没什么大不了。"

一家人愉快地坐在一起，吃早餐。阳光从阳台照进来，落满一地。这是一个愉快的早晨，也是阳光灿烂的一天。

走错路看到不一样的风景

拐了一个弯，爬了一个坡，又拐了一个弯，路越来越窄，崎岖难行。同行的朋友坚定地说："一定是走错路了，那个景区他去过，没有这么难走的路，也不需要这么长时间。"

我的车没有 GPS 系统，朋友拿出手机，打开电子地图，一定位，果然偏离了原来的既定路线，走错路了。我们所处的位置，是在一个山凹里，要绕过这座山，再过两座桥，才能回到去景区的主干道上。是退回去，重新找到主干道，还是继续沿着错误的路线向前？

几个人一商量，反正是出来踏青游玩的，也不急着赶时间，这条路虽然难走些，但地图显示，也可以到达目的地。那就继续向前。

路不宽，也不平，看样子是一条便道，一路上，也很少看到过往的车辆和行人，与通往景区主干道上人来车往相比，异常冷清。路两边的山坡上，是层层叠叠的梯田，茂密的树丛，以及零星的农舍。往前又开了一百多米，豁然开朗，是一片梨园，一树一树的梨花，或纯白，或粉红，或嫩黄，在枝头绽放。在大家的惊呼声中，我停车，熄火。大家跳下车，扑进梨园。

淡香扑鼻，空气中弥漫着久违的清新之气。大家都很兴奋，就连当地陪同的朋友也惊诧不已，没想到身边还有这么一块净土。

我们在梨园呆了很长时间。梨园深处，见到一户人家，是承包梨园的农民，忽然见到我们几个陌生人，好客的主人很开心，搬出来几张木凳子，邀我们坐在梨树下，喝茶，聊天，抬头是蓝天，低头是潺潺流过的小溪，燕雀的叫声，在花香中穿梭回荡。很久没有这样放松了，很久没有这样沉醉了。我们几乎忘却了，我们本来是要赶赴那个著名的景区参观游览的。

因为走错了路，我们闯进了一块景区的游览图上根本没有标识的山凹，看到了一块干净的乐土，它不是景点，却是一道异样清新的风景。这是多大的收获啊。

我是个路痴，经常会走错路，这让我耽误了不少时间，心情也会变得沮丧，但也有很多时候，因为走错了路，而看到了意料之外的风景，惊喜不已。

有一次，著名音乐人高晓松开车在意大利南方旅行，因为感觉走错了路，他停下车，打开地图查看，确认了此刻所处的位置后，他在地图上寻找着正确的路线，忽然，地图上显示附近一个名叫苏莲托的小镇，吸引了他的目光。他下车问一名路过的意大利人，这个苏莲托是不是流传全世界的歌曲《重归苏莲托》中的那个苏莲托？得到了肯定的答复后，高晓松欣喜若狂，立即改变线路，驶向苏莲托，那个他心目中的远方圣地。高晓松后来回忆说，他没有想到，因为走错了路，而意外地有幸来到了苏莲托，那是他此行最大的收获，而小镇苏莲托本来并不在他计划好的行程之中。

很多时候，我们习惯了按照既定的思维，走最快捷的路线，直奔目的地，一旦走错了路，我们会感到特别懊悔，沮丧。可是，如果静下心来，你会发现，走错的路上，也可能有意外的惊喜等待我们，那里可能有着完全不一样的风景。

我的家距离单位十几公里远，每天，我都沿着那条最宽阔、最通畅、最快捷的路线，两点一线，开车上下班。两边的高楼大厦，每一个红绿灯，我都了如指掌。偶尔，我却会选择一条不熟悉的小路，绕行的道路，甚至穿过狭窄的小胡同和人头攒动的老居民区，没错，我是故意走"错"路的，我就是想看看，这个我似乎烂熟于心的城市，到底还有怎样我所不知道的另一面。

淬炼过的金子才发光

去浙江遂昌的金矿国家矿山公园游览,恰逢一队参观的学生团。领队的老师,拿起两块矿石,问同学们,"哪个是金矿石?"

老师手里的两块矿石,在灯光下,呈现出两种截然不同的形态。一块矿石里面,像撒了金粉一样,每一个角度,都发出耀眼的光芒;而另一块矿石,则像被墨涂过的一样,周身是黑色的,几乎没有什么光泽,与我们平时见到的石头,似乎并无二样。孩子们叽叽喳喳地争论开了。很快,一个声音占了上风,那块闪闪发光的,肯定是金矿石,没看到里面全是金粉吗?但也有人小声地质疑,如果答案是明摆着的,老师为什么还拿来考大家?

见同学们各自表达了看法,老师揭晓了答案,那块黑色的矿石,才是真正的金矿石。而闪闪发光的那块,则是普通的硫铁石,里面没有任何黄金的成分。它就是人们常说的"愚人金"。

同学们炸了锅。很显然,大部分学生,都被那块硫铁石的闪闪亮光给迷惑了。

有人提出了自己的疑惑，"不是说是金子总是会发光的吗？为什么金矿石里的金子，却黯淡无光，没有呈现出金子应有的光芒？"

老师赞许地看了一眼那名学生，这个问题问得非常好，这也正是今天我想和大家探讨的。老师挥挥手中那块黯淡的金矿石，环视一遍大家，"这块石头里面的金子，需要粉碎、淘洗、提炼，才能从石头中分离出来，成为我们平常所见的熠熠生辉的金子。而淹没在石头和其他矿物质中的金子，是看不出它的光泽的。也就是说，真正金光灿灿的金子，是经过了一遍遍淬炼之后，才最终呈现出金子的本色的。"

我一直默默地站在旁边，好奇地注视着他们。听到这儿，我恍然明白了老师的良苦用心，这真是一个聪明的老师，他不仅要告诉他的学生科普知识，还潜移默化地向孩子们传授做人的道理呢。

果然，老师话锋一转，对围在他身边的学生们说："在老师的眼中，你们每个人都是这样的一块金矿石，但是，必须经过一道道的淬炼，你们才会成为一块金子，散发出你们青春应有的光彩。"

老师的话，引来一阵阵掌声。我留意到，孩子们稚气未脱的脸上，都流露出兴奋的神采。

忽然，有个学生高高地举起了手。

老师示意他说话。迟疑了一下，那名学生似乎是鼓足了勇气，大声地说："老师，我在上海的一家黄金博物馆看到过一种'狗头金'，它通身都是金黄的，耀眼的，据说，这就是它本来的面目。我觉得，真正的金子，就应该是这样的，天生的气质，'腹有诗书气自华'嘛。"学生越说越流利，也越说越兴奋，语气中充满了自信。看得出，这是一个很聪明，也很自负的孩子。

老师不停地点着头。学生说完了，老师赞许地说："你的课外知识很丰富，很好。你说的'狗头金'，确实是一块完整的金疙瘩，它是黄金家族里面的瑰宝。不过，它并非天生一块金砖，事实上，它是天上富含黄金成分的陨石，在坠落地球的过程中，因为与大气层发生剧烈摩擦、燃烧，其他的物质都燃烧掉了，只剩下黄金，才凝集成完整的金块的。也就是说，它不但经过了淬炼，而且是更加严酷的淬炼。如果没有经过大气层严酷的淬炼、燃烧，那块金子，就会一直黯淡无光地散布在矿石之中。"

老师再次环顾大家，动情地说："我刚刚说过，在老师的眼中，你们都是金矿石，你们都具备金子一样的潜质。但是，如果不经过千锤百炼，你可能一辈子都无法发现自己的潜能，也一辈子都不会发出金子的光芒。"

老师喝了一口矿泉水，继续说："其实，我们每个人，都是一块金矿石，只是太多的人，没有被开采出来，或者没有经过淬炼，而错失了自己本该灿烂的人生。因此，我想告诉大家，别以为自己是块金子，就一定会闪闪发光，发光的金子，都是经过一遍遍淬炼的。"

沉默。忽然，同学们都鼓起掌。

我也鼓掌，为这位循循善诱的老师，也为了我们本该熠熠生辉的金子般的人生。

手机上还有一个键

吃过晚饭，和妻子一起出门散步。小区不远处有一片草地，每次，我们都上那儿溜达几圈。

刚出小区门，妻子忽然一声惊叫，"坏了，我忘记带手机了！"妻子犹疑着，要不要回去取手机。我笑笑，"忘就忘了呗，反正一会儿我们就回家了。"妻子还是不放心，"要是正好有人打电话找我，怎么办？"我安慰她，"我在你身边，我是不会给你打电话的；而如果是在外地读书的儿子，或者老家的父母给你打电话，没人接，他们会打我的手机的。"在我看来，手机最重要的一个功能，就是家人之间，随时可以联系上。妻子白了我一眼，那要是同事，或者朋友打我的电话呢？

一路上，妻子都有点心神不宁，才绕草地转了一圈，她就坚决要回家，不肯再散步了。

回到家，拿起手机一看，没有来电，没有短信，也没有QQ

或微信。妻子放心了，又检查了一下手机的音量，确定处在最高的位置上，然后，将手机揣进了衣兜里。

这些年，我们用过很多部手机，储藏室的一个抽屉里，全是淘汰的旧手机，有的是款式旧了，有的是功能落后了，还有的是彻底用坏了。其中的一部旧手机，是儿子用过的，坏了。那部手机的屏幕和按键，都严重磨损了，那是被儿子整天摩挲而致。可是，有一个键，却完好无损，锃亮如新，那是关机键。从买回来的那一天开始，这个键，儿子就几乎没用过。他的手机，总是 24 小时开机，从未关过机，除非是电池用完了，手机自动关了机，他才会重新启动一下。那是他十分钟爱的一部手机，里面有他储存的很多信息，还有几部他下载的游戏。拿去修理部时，修理师傅摇摇头说，它是"疲劳死"的，没必要，也没办法修理了。

手机改变了我们的生活，也颠覆了我们的生活。不知从什么时候开始，手机成了我们最贴身的一件物品，很多人都是机不离手。网络上流传着一句话：世界上最遥远的距离，是我就在你身边，而你却埋头玩着手机。无奈之情，溢于言表。每次乘飞机，感受最深的，是机组人员不得不一次次提醒并督促乘客们，关闭手机。虽然只是关闭那么几个小时，但对很多人来说，看起来都是一件十分痛苦而慌张的事情。而飞机一旦降落，你看看吧，所有的人都第一时间掏出手机，迫不及待地打开，其急切之情，犹如找回了一个失落的世界。

前不久，在电视上看到一个关于手机发明者马丁·库帕的访谈，这位手机之父，在慨叹手机带给这个世界的巨大变化后，谆谆告诫人们，别忘了手机上还有一个键，那就是关机键。这个键，从设计之初，就是一个很关键的按钮。它并非可有可无的摆设。

可惜，很多人似乎早忘记了这个键。手机只是一部机器，为人们带来方便和快捷，缩短了人与人之间的距离。很多人却不幸为其左右，受其奴役，成了不折不扣的手机的奴隶。

　　你有多久，没有抬头看看天，或者向着远方发一发呆，或者专心地陪父母孩子说说话，或者安静地独坐一隅，回到自己内心的那个宁静世界？千万别忘了，手机上还有一个键，它是关机键。有时候，唯有关掉一扇窗，你才会打开另一扇门。

相机式生活

终于上了一道菜，大家饥肠辘辘，赶紧拿起了筷子。

"不好意思，大家等一等，我先拍张照片。"一位朋友一边摆弄着手机，一边对大家说。说毕，将菜转到自己面前，站起来，双手端着手机，对着那盘菜，"喀嚓，喀嚓"，连拍了几张照片。拍完了，又点开手机里的相片薄翻看，然后，才满意地对大家说："拍好了，大家吃吧。"

只是一盘家常豆腐而已。

又上了一道菜青椒炒肉丝，那位朋友再次拿起手机，对着这盘青椒炒肉丝连拍了几张照片，才让大家动筷子。每上一道菜，她都会先将菜转到自己面前，拍好照片后，大家才能开吃。她的手机一直摆在桌面上，和筷子、盛醋的小碟子、擦手毛巾并排放在一起，以备随时拍照。那天，我们点了八道菜，她都一一拍了照片，连最后上的那碗普普通通的西红柿蛋汤，她都给拍下了。

我好奇地问她，"拍这些照片干什么？"她笑笑，"拍着玩呗，有时候，也会放在微博上，和大家分享一下。"

　　我讪笑笑，真不明白，这些普通得不能再普通的菜肴，有什么可分享的。那顿饭，她的主要精力，似乎都用在了拍照上，总是最后一个拿起筷子，不知道是因为耽误了大家而不好意思，还是她拍照的兴趣本来就要大于吃饭？坐在我身边的一位朋友告诉我，每次和她一起外出吃饭，她都会先给每道菜拍个照，她的手机相片薄里，已经储存了上千张这样的照片。奇怪的是，每次吃完饭，你问她今天吃的是什么菜，她却往往记不起来，会打开手机的相片薄翻查。

　　自从手机有了相机功能后，拍照成了简单而方便的事情，随时随地，可以掏出手机拍张照片。我们单位有个小姑娘，每天都会用手机自拍几张照片。她自拍的姿势很有趣，因为手机里的相机焦距有限，必需得一只手握着手机，远远地伸到自己的前方，这让她觉得，自己的手臂太短了，总是不够长。然后，对着手机，做表情，摆POSE，挤眉弄眼，忙得不亦乐乎。我见她这样拍照片实在有点累，几次主动提出帮她拍一下，都被她拒绝了，理由是别人帮她拍时，她不太好意思做表情。有几次，她可能感觉自己拍得比较满意吧，就拿出来让大家欣赏，我也忍不住看了一眼，全是大头贴，脸都有点变形，说实话，照片一点也不比坐在我们面前的小姑娘来得生动，好看，鲜活。

　　她迷上了手机拍照，不但自拍，也不时地偷拍同事；看到帅气的男孩子，拍；见到路上打扮入时的女人，也拍；女同事的办公桌上多了一件小摆设，拍；办公室的窗台上，冒出来一颗嫩芽，也拍。总之是见到什么，拍什么。有一次，领导交代她去办一件事，她也先用笔写在纸上，然后用手机拍下来，再出门去办。她说："这样就不用记了，也不会忘了。而那是多么简单的一件事啊。"

我有个朋友，特别喜欢旅游，每年都会自费出去转几趟，每次从外地旅游回来，他都会和迫不及待地和我们分享。分享什么呢？不是他的经历，不是旅途见闻，也不是各地的风土人情，而是他拍回来的一大堆照片，有的是风景照，更多的，是他在景点前的留影。他不是摄影发烧友，但他的旅途，却是一路拍照。如果你问他这趟旅行有什么感受，他会一脸茫然地告诉你，我都拍成了照片啊。

没错，他到了风景区，但他没有用眼睛去欣赏，没有用心去领略，他只是走到风景的边上，拿出照相机，甚至是手机，拍下了几张照片而已。其实不独我的这位朋友，你在人山人海的景区，看到的大多是忙着取景拍照留恋的拥挤的身影，没有几个人，愿意停下脚步，让自己的身心，安静地、彻底地融入到风景之中，很多人不远万里，不辞辛苦地来了，只是为了留下几张照片。

一旦一个人，将自己的眼睛、耳朵、舌尖，乃至敏感的内心，都交给了照相机的镜头，你就会轻易地失去视觉、听觉、味觉、知觉，以及心灵所独有的知觉和感悟，你能留下的，就只能是一幅幅照片，你的生活，就会成为机械的、沉闷的、了无生机的相机式生活。照相机的镜头，永远不能替代我们的眼睛，更不该占据我们本应活泛、敏锐、多彩的心灵。

不 许

　　看过一个电影：数九寒冬，滴水成冰，学校管理员在楼前的铁栏杆上贴了一张纸条：不许用舌头舔！结果，第二天早晨，让人瞠目结舌的一幕出现了，栏杆前齐刷刷站着一排学生，一个个低着头，撅着屁股，红彤彤的小脸紧贴着铁栏杆。原来，他们的小舌头，都被牢牢地冻在了冰冷的铁栏杆上。

　　越是不许孩子做的事情，孩子往往越要去做。有的是出于好奇心，有的是盲目跟风，还有的则是逆反心理作祟。

　　父母不许孩子看电视，不许孩子打电脑，不许孩子玩游戏，不许孩子看课外书，不许孩子早恋……自认为是为了孩子好，父母们设置了一道道禁令，可是，效果却多半适得其反。你越不让孩子看的课外书，他越要想方设法找来，深更半夜躲在被窝里，打着手电筒偷看；你越不让孩子与某个你认为不良的孩子交往，他越可能与其打得火热；你越阻碍他（她）与异性同学的来往，他（她）越对异性同学产生浓厚的兴趣。

我有个朋友，为了防止孩子放学回家后偷玩电脑，想了无数招数，将电脑所在的房门锁上，将电脑设置开机密码，将电脑里的程序重新进行了设置……所有的招数，都被孩子一一破解了，他悄悄偷配了一把房门的钥匙，一次次成功破解了父母费尽心机的密码，甚至学会了更新电脑程序。朋友不但未能有效禁止孩子玩电脑，反而刺激孩子花更多的时间和精力，去一次次"探险"。

其实，不独孩子，在成人世界，诸多"不许"，很多时候，也是流于空文，甚或反而因为这个"不许"，招来了更多的试探者和践行者。

不许倒垃圾的地方，偏偏垃圾成山，蝇虫满地；不许走捷径穿过的草坪，往往被踏出一条条羊肠小道；闲人禁入的一个个"重地"，总是招来更多窥探的目光；不许偷摘的枝头，果实还没成熟，就被摘得一干二净。

听过一个笑话，一位老兄忽然内急，四处找不到方便之地，迫不及待之时，猛然看见街头一个拐角，用朱笔写着几个血红大字："此处严禁小解"。这位老兄停下了脚步，四处看看，无人，乃对着拐角，一阵"哗哗啦啦"。别人问："为什么那里明明禁止小解，你偏在那里方便？"老兄讪笑着说："那标语说明，那个拐角常有人小解吧，我就想，反正也不多我这一次。"

这是一个有点混账的逻辑，却也反映了很多人的真实心态。你越禁止，越说明常有人这么干。

有一首歌叫《老虎与女人》，很有意思。"小和尚下山去化斋，老和尚有交代，山下的女人是老虎，遇见了千万要躲开。走了一村又一寨，小和尚暗思揣，为什么老虎不吃人，模样还挺可爱，老和尚暗暗告诉徒弟，这样的老虎最厉害，小和尚吓得赶紧跑。师傅呀……坏坏坏，老虎已经闯进我的心里来……"老和尚恐怕没有想到，越不许小和尚接近"老虎"，他越觉得老虎可爱，迷人。

"不许"，听起来很吓人，又很诱人。很多不许，因而失效，甚而适得其反。

有位母亲，却很聪明，反其道而行之。小孩子不喜欢吃东西，很瘦，让人心疼。哄他，喂他，奖励他，恐吓惩罚他，都没有用，就是见了食物就远远地躲开。那天，母亲又买回来一袋食物，这次，她没有直接给孩子吃，而是告诉他，"这东西不许吃啊。"晚上下班回家，却发现，那袋食物被孩子打开了，已经吃了很多。

不许，有时候恰恰是最大的诱惑和鼓动。

百度成医

头忽然痛，像有一只手在头皮里到处扯，扯到哪，哪痛。痛头欲裂。

妻子看出了我的异样，关切地问："怎么了？"我龇牙咧嘴地告诉她，"头痛。"

妻子见状，赶紧放下手头的活，掏出手机，埋头摁着键。我以为她要打电话叫110，忙阻止她，太夸张了吧，还没严重到那程度。妻子扑哧一声，乐了，"我不是打电话叫救护车，而是帮你百度一下，看看你得的到底是什么毛病。"

妻子很快找到了百度百科里的"头痛"词条。词条说：头痛的发病原因有三种，一种是原发性头痛，一种是继发性头痛，还有一种是颅神经痛、中枢性和原发性面痛、以及其他颜面部结构病变所致头痛。这些都是专业术语，不懂。好在下面，又详细地从发病机制、病理生理、临床表现等逐一进行了详解……一条条对照，分析来分析去，觉得有点像"头部神经痛"。妻子又百度了"头部神经痛"，这是一种常见的头部疾病，有一部分症状相似，但和我的头痛，又有很多不同。无法断定。

妻子又回头去看"头痛"词条，忽然大惊失色地对我说："百度上说了，头痛的原因中，有一种是全身疾病引起的，其中最严重的是颅脑肿瘤。"妻子摸摸我的头，可怜楚楚地说："老公，你不会得了脑瘤吧？"

我冒出一身冷汗，头痛越加剧烈。妻子还要继续百度，一旁的母亲着急地说："你们就别瞎查了，赶紧上医院吧。"

去了医院，一查，原来是头皮发炎。悬着的心，这才放下。吃了几天药，头就不痛了。

这是我们真实的生活写照。自从有了电脑，特别是手机可以上网后，身体哪里不舒服，我们总是习惯性地先打开电脑，或者掏出手机，百度一下，看看自己有没有得病，得的又是什么毛病。你打上任何一个关键词，在百度里面，都能搜出成千上万条的信息，有的是词条解释，有的是别人询问的，有的是他人答复的。这说明，不独我们喜欢用百度搜寻相关信息，很多人和我们一样，习惯上网查找，或者询问。打上自己的症状，总能找到有人与你大同小异的问题。

百度多了，还真解决了一些小病小恙。有一次，忽然摸到脖子上长了个肿块，赶紧百度下。翻看了几十页，查阅了几百条网页，最后得出结论，可能是淋巴结肿大。百度上说了，吃消炎药，如果一周内肿块消失了，就说明是炎症引起的。于是，自行去药店买了两盒头孢，吃了几天，肿块还真消除了。那感觉，就像自己瞬间成了神医一样，真是百度成医啊。后来一个医生朋友提醒说，"淋巴结肿大，除了炎症引发的之外，还有一种可能是肿瘤的转移灶，真要是那样的话，病情可就给耽误了。"医生朋友千叮咛万嘱咐，"今后遇到身体不舒服，还是得去医院检查，千万别自己瞎琢磨了。"

儿子也特别喜欢百度。寒假，学校布置了不少家庭作业，每天晚上，他都会拿着作业本，来电脑上查阅一番。我好奇地一看，才发现，这小子是拿着作业题，来百度上找答案呢。我打开他的作业本，随便打了一道作业题，百度上一搜索，答案就跳出来了。不独语文，数学、科学、生物，几乎所有的作业题，竟然在百度上都能找到答案，即使偶尔有一两道题没有现成的答案，发个征求答案的帖子，不一会儿，就会有人跟帖，公布"标准答案"。我错愕不已，这样子下去，他还会动脑筋吗？还会独立思考吗？何况很多答案，未必是标准答案。百度成师，使很多孩子产生了严重的依赖心理。

搜索引擎改变了我们的生活方式，也改变了我们的生活态度，它就像一根绳子，是你牵着它走，还是被它牵着鼻子走，其间区别大矣。

淡季游

　　五月的北戴河，海风还裹夹着丝丝的春寒，我在老龙头的海滩上，坐了半个多小时，身上已透出凉意。海滨，游客三三两两地漫步，像海星一样，点缀在金黄的沙滩上。几个不惧冷的游客，赤了脚，走进海水里，不时发出惊叫声，不知道是因为扑过来的海浪，还是惊讶于海水的冰凉。

　　作为著名的避暑胜地，北戴河的旅游旺季，还没有来临。每一处景点，游人都不多，就连最热闹的俄罗斯风情街上，也是游人稀松。海鲜排档的伙计们，热情地站在店铺外，迎候每一位路过的游客，哪怕你只是稍稍停下脚步，伙计们也会非常诚恳，非常耐心地向你推荐他们的美味。这是一种久违的感觉，身为游客，我们更多感受到的，是冷遇、傲慢和被宰，难得像现在这样被礼遇。越是著名的景点，往往越是如此。我知道，随着旅游旺季的到来，随着如潮水般涌来的游客，这样温情的一幕，恐怕又要难觅踪影了。

同行中，一位多次来过北戴河的朋友告诉我，如果你在七八月份来，你就会见到完全不同的场面：到处是游人，到处是喧闹声，到处是热浪滚滚，到处是抢着拍照留念的身影。旅馆爆满，饭店人头攒动，打不到出租车，卫生间永远排着长长的队伍……

　　很幸运，我是在旅游淡季来到了北戴河，这个时节，天气还不热，尚不能体味到炎炎夏季里北戴河所特有的清凉之气。但是，唯因淡季，大批的旅游团队还没有涌来，我们才能这样安静地坐在海边，听听海浪，眺望海际线，悠闲地漫步沙滩，听导游不用扩音器，像聊天一样，和我们谈谈北戴河的过往和趣事。

　　每年，我都会出去旅游几趟，与以往不同的是，现在我总是错开高峰，选择在淡季出游。

　　很多旅游胜地，都是有季节性的，因为不是旅游旺季，你就无法在最恰当的时间，看到最适宜的风景，体会到最美妙的风情。因而，淡季出游，无疑使你的旅途，失却了很多意义。不过，好处也是显而易见的，因为是淡季，少了喧哗，没了躁动，无须争先恐后，不是走马观花，而是静下心来，安心素面，认真地观摩，细细地品味，与风景、自然、历史更近距离地接触。

　　有一年冬天，我们一家人，到安徽的九华山旅游。我们是赶在年三十前上的山。每年的大年初一到正月十五，佛教圣地九华山，都是游人和香客数量最鼎盛之时。我们游玩的那几天，偌大的景区，却几乎见不到什么游人的踪迹，空山静寂，流水宛转，佛堂安谧，我们在当地一位老同学的陪同下，看山，玩水，听林涛阵阵，一座座寺庙虔诚拜谒，身从容，心安宁，何其快哉。在深山中的一座小庙，我们甚至还和一位僧人闲坐了半晌，听他念经说佛，品苦茶，谈人生，论境界，清冽的山风，越过层层山峦，似乎是专为来涤荡我们的肺腑的。

我们下山的时候，恰是众游人和香客摩肩接踵进山之时，道路阻塞，人声鼎沸，路旁挤满叫卖香火的小贩。而下山的道路，却无比通畅。忽然心生感慨，一来一往，一阻一通，一疏一密，一闹一静，岂不正是人生的写照？

　　我们是去看风景的，不是去看热闹的；我们是去见识风光净化心灵的，不是去赶场子，也不是疲于奔命的。淡季出游，景致也许浅淡了点，眼光可以不浅，心境可以不淡。

一　般

　　朋友的公司设立了一个调查部，主要负责对公司的产品进行市场调研，了解消费者的需求和满意度。每个季度，他们都会印发一些表格，随机请消费者为之打分。公司的管理层，再根据调查结果，对产品结构进行定位和筛选。

　　照理，这样的市场调研应该很有益，有助于管理层了解产品和市场，作出最终的决策。可是，每次拿到调查结果，却并不能让朋友满意，因为他很难据此对自己的公司产品和服务，作出准确的判断，换句话说，从这些调查数据，实在难以看出，消费者对他们的产品到底有多满意，或者有多不满意。

　　调查表格是真实的，消费者是真实的，数据是真实的，那么，问题出在哪儿？

　　表格的格式，基本上是固定的，除了一些基本信息外，大部分的内容，都是涉及公司的产品和服务的，全部采取打勾的方式。比如：你对本公司的产品，可选择的内容有五项：很喜欢，喜欢，一般，不喜欢，很不喜欢；你对本公司的善后服务，可选择的内容也有五项：很满意，满意，一般，不满意，很不满意；你对本公司新产品的期望值，可选择的内容同样是五项：很期待，期待，一般，不期待，很不期待。都是五个等级，消费者可以根据自己的感受，作出客观的独立的评价。

这是一份看起来很全面，不偏颇的调查表，为什么却拿不到他们想要的数据？朋友百思不得其解。

一次，一群外国客户走访朋友的公司，其中有位来自美国的市场调研员，朋友向其讨教。那位市场调研员在查看了朋友公司设计的表格后，红笔一挥，将五个选择项中的"一般"，全都勾掉了。他对朋友说，这是一个完全多余的选项，因为对消费者来说，其实很简单，要么是喜欢、满意，要么是不喜欢、不满意，"一般"却是个模棱两可、摇摆不定、中庸的选项，很多消费者不想动脑筋，或者不愿伤和气，一般都会随意地选择"一般"项。

朋友很仔细地研究过那些回收的表格，确实有很多人，都选择了"一般"，有的表格，甚至每一项，勾的都是"一般"。

市场调查员接着说，还有一个问题，这样的表格收回来后，工作人员在统计汇总时，往往又会将"一般"都统计在"满意"、"喜欢"之上，这样，调查结果就难以公正、客观地反映真实情况了。

朋友茅塞顿开。在此后的调查中，所有的内容选项里，都没有了"一般"，而只有"很喜欢，喜欢，不喜欢，很不喜欢"。他们的产品和服务，优点和缺点，全部显露出来。他们又据此对产品的研发和淘汰，进行了重新布局，市场很快打开。

每年，我们单位都会对中层以上领导干部，进行民主测评，测评表的最后一栏，是对被测评者的总体评价，内容一般都是这样几项："优秀、良好、合格、基本合格、不合格"。这个"基本合格"，其实就是朋友公司调查表中的"一般"。本来，合格就是合格，不合格就是不合格，何来"基本"？有了这一项，被测评者，往往都能够顺利过关，因为除非是能力和人缘都特别差特别烂的，否则，一般至少会给个"基本合格"。

有了"一般"，好坏就难以判断，对错就会模糊，是非就失去了标准。小小一张表格，选项的设计，其间大有学问，大不一般啊。

每个人

他双手托着腮，陷入遐想。他的面前，摊开一本打开的通讯录。

单位已经有近千名职工了，很多人他不认识，连面都没见过。单位是越来越大了，人是越来越多了。单位效益不错，员工的收入也还说得过去。不过，这对我有什么好处？他不满地嘀咕了一句。这么多人，光工资，就是很大的一笔开支呢。他忽发奇想，如果从单位每个人的头上，都扣下一百元给自己，自己一下子就有10万元了。每个人只区区一百元，对大家来说，都不算什么大事。

有了10万元，他就可以立即买辆不错的车了，而每个人只需给他100元。这笔账让他有点激动。但人数还是嫌少了点，如果有更多的人，那就好了。

他挠挠头皮，心想，如果全市的人都被发动起来，每个人给他100元，不，只要10元钱，那将是多少？前不久他刚刚从报纸上看到，全市已经有50万人口。50万，每个人给自己10元钱，那就是……

他拿起办公桌上的纸笔，算了起来。我的娘啊，那就是500万啊。每个人只要给他10元钱，多吗？一点也不多，现在10元钱，连斤猪肉都买不上。也就是说，每家少吃一餐猪肉，把省下来的钱全给他，就可以立马造出一个千万富翁。

真是不算不知道啊，他感到身上开始有点燥热。他"咕咚咕咚"连喝了几口水，又点着了一支烟。吐出的圆圈，慢慢地扩散。如果范围更大一点呢？如果全省2000万人，每个人都给自己一点钱呢？

不用100元，也不用10元，他瞅瞅手指上夹着的香烟，盘算着，如果全省每个人省下一根香烟钱，就算不是自己抽的这么高档烟，而是二十元一包的普通香烟吧，每支一元，那就是……天啊，那就是2000万啊！也就是说，自己立即就会成为令人艳羡的千万富翁了。原来成为千万富翁就这么简单，只需要全省的父老乡亲每个人给自己区区一元钱。一根香烟的钱哪，半口酒的钱啊，就连大街上，你见到个乞丐，不也会给他一元钱吗？他想，自己当然不是乞丐，如果大家都乐意给自己一元钱，就当施舍给乞丐好了嘛。

他感到热血贲张。抬头看见办公室的墙上，挂着的中国地图，他大胆地继续设想，如果全国每个人都给自己钱呢？

不用100元，也不用10元，甚至不需要像给乞丐那样给一元，就当是每个人牙缝里塞的那点肉星，对，就是一粒米大的肉星钱，每个人给自己一毛钱，全中国13亿人，加在一起就是1.3亿啊。

真的是1.3亿？每个人一毛钱，真的就有这么多吗？他不敢相信这个数字，掰着手指头一个零一个零地数了一遍，又用计算器算了一遍，没错，真的是1.3亿！

这怎么可能？全国每个人只需要给自己一毛钱，自己转眼之间就会成为亿万富翁！多少人，一毛钱掉到地上，都懒得弯腰去捡呢。他不自觉地双手合十：拜托大家了，你们都弯腰捡起来，然后送给我，让我早日成为亿万富翁吧。

真是人多力量大啊！他的身子往老板椅上一躺，摇晃着。他闭着眼睛，面色潮红。

突然，"丁铃铃"，电话响了起来。他猛然惊醒，拿起话筒。是办公室主任打来的，"黄科长，单位今天组织大家为灾区捐款献爱心，金额不限，只是千万别忘了哦。"

怎么又要捐款了？他有点生气地放下电话。过了一会，他从怀中掏出钱包，犹豫再三，最后在一叠钞票中，抽出了一张 10 元纸钞。

少？哼，要是每个人都给我 10 元钱，那将是多少？

所用的心，都不会白费

　　王力宏是著名流行歌手，也是颇具才华的词曲创作音乐人。像其他功成名就的人一样，我们看到的，往往是他光鲜的一面，其背后的艰辛、挣扎和努力，往往被人忽视。

　　在最新一期央视《开讲啦》节目中，王力宏自曝，曾经为北京奥运会创作了十首奥运歌曲，最终却一首也没有选上。其时，北京奥组委向社会征集奥运原创歌曲，王力宏也应邀加入了创作队伍中。每个星期，奥组委都会开会，对所有提交的原创作品进行讨论筛选。第一周，王力宏提交了自己精心创作的一首歌曲，没有通过。第二周，王力宏继续埋头创作，又提交了一首新歌。还是没有被选上。两次都没有选上，王力宏不气馁，也不怨天尤人，而是寻找差距，以更大的热忱，投入到创作中。第三个星期，他又提交了自己的一首新歌。结果，再一次落选。

　　在接下来的两个多月的时间中，王力宏几乎放下了手头所有的工作，全心全意投入到歌曲的创作之中，每个星期，他都会向奥组委提交一首自己创作的新歌，第三首，第四首……第十首。结局很悲催，十首歌曲全部被淘汰了，一首也没有被选中。

几个月的努力，就这样全都打了"水漂"。身边的人替王力宏惋惜，早知道这样，还不如不那么用心去做呢，随便交几首上去应付应付，通不过也没多大损失，而不像现在这样，花了那么多精力，费了那么多心血，却一无所获。

王力宏不这么认为，他反而觉得，幸亏自己每一首歌曲都不是敷衍的，而是用尽心力去做，自己的时间和精力，才没有白费。自己创作的歌曲，虽然没有被组委会选中，但通过这些天的构思、酝酿和创作，自己对音乐的理解更深了，对奥运精神有了更多的认识，自己的创作能力，也有了明显的提升。这一切，正是"用心"去做，所带来的变化。这些年，王力宏总是能有所进步，有所斩获，有所突破，其实正是其长期以来厚积薄发的结果。王力宏由衷地发出感慨，"永远不会因为付出而吃亏的"。

用心去做，是一个积累的过程，纵使以失败结局，这个失败，也会成为成功的母亲。

朋友是一家企业的设计主管。他的部门，以年轻人居多。一年前，又进来了两位新人。这两人是大学同学，都是高材生，但两人的实际工作经验，都很不足，难以承担独立的设计任务。但每次公司有新的设计项目的时候，他都会让两人也参与进来，给他们实习的机会，让他们也各自设计一份。当然，他们的设计其实只是作业，最终都不会被采用。

一段时间后，出现了分化。一个新人聪明地看出了其中的"奥妙"：主管只是让他们跟着锻炼，设计出来的东西，是不会被采用的，所以，每次他都不花什么时间和心思，只是随便糊弄一份图纸，报上去交个差；另一个新人却每次都很用心，像真正的设计师一样，认真地设计，细心地汇图，精准地制作，一个小小的细节，都不放过。

两个人设计的图纸，都没有被采用过。然而，结果却迥异：那位总是用心去做的新人，很快就能够独当一面，独立设计了，而另一个"聪明"的新人，却一无所获。

你对生活什么态度，生活就会给你呈现什么样的姿态。用心去做好每一件事，所用之心，就都不会白费。

往来之人

我们一生中，有过直接交集的人，大约是多少？据国外的一家研究机构数字来看，只有一千多人。茫茫人海中，我们能够认识并交往的，其实并不多。

小时候，我们多半和亲戚家的、邻居家的孩子，滚爬在一起；

上学了，我们和同学如影相随；

如果当兵去了，我们和战友出生入死；

工作了，我们和同事共进共退；

老了，我们和老伙伴们在老墙根下晒太阳；

和我们相伴一生的，是亲人……

当然，其间，你还会通过各种途径，认识结交很多朋友。所有这些，基本构成了我们一生中有过交集的人群脸谱。

有过交集的人，已经相当有限，但是，并非所有与你有过交集的人，一定会有多少往来。如果只算保持往来的人，这个数字还会大大减少。

能与谁交集，带有偶尔性，而与谁往来，却是可以选择的。从往来之人，可见一个人的品性。

"谈笑有鸿儒，往来无白丁。"这是刘禹锡的选择，也是他的境界。白丁是什么？是没有学问的人，也泛指平民百姓。自视甚高的刘禹锡虽处陋室，但依然是官府中人，他不愿与之往来的，除了没有学问的白丁之外，恐怕也包括了平民百姓的白丁。当我明白了这一点，刘禹锡的境界，在我心中，骤然矮了不少。

很多人乐于与比自己强的人交往，因为这可以让他们从中受益。家长从小就会教导自己的孩子，要和好孩子来往。大多数人眼中的好孩子，就是学习成绩好，表现好，乖顺，不惹事。一个不爱学习、喜欢调皮捣蛋，甚至经常捅娄子的孩子，是不会得老师欢心的，也会遭到其他孩子和家长的排斥。所谓"近朱者赤，近墨者黑"。如果这个观点成立的话，当然人人想靠朱者而赤，拒墨者千里之外。不过，这里有一个悖论，比你朱的人，会认为你是墨，朱当然想接近比他更朱者，怎么会乐意让你这个墨者靠近呢？

报纸上看到一则有趣的消息，宁波市对拟提拔的干部，要进行任前走访，走访的对象之一，竟然是他的邻居。一个人能否胜任，该不该提拔，与邻居有关系吗？当然有。从某种意义上说，邻里关系，是一个人最贴近的关系之一。与邻里是否和睦，社区活动是否积极，可以看出一个人的人生态度。一个与邻居老死不相往来，对他人漠不关心的人，恐怕很难有普世心肠，至少是不够热情，不够开朗。

一个人的往来关系，从一个侧面，可见其为人处世之道，反映了一个人的内心世界。一个富贵之家，而能尊穷亲戚为贵宾；一个显贵之人，而能有几个贫贱之交的老朋友；通达之时，而能念念不忘患难之交……大凡这样的人，都忠厚实在，心存善念，不忘本分，珍念旧好，能与之往来过从，实是人生一件幸事。

　　人生短暂，即便是社交名媛，一生中能交集的人，也是十分有限的，每一个有缘与你往来之人，都是宝贵财富，值得珍惜，而无论贫富、尊卑、长幼、远近、亲疏，也无论是鸿儒，还是白丁。

老师是百度知道

如果用一个词来形容老师，你会选择哪个词?

很多人的脑海里，跳出来的那个词会是"园丁"。没错，我们一直把老师比喻成园丁，我们已经习惯了这样的比喻。园丁是辛勤的，浇灌、修剪、嫁接、培育，默默无闻，却绘出满园春色，这一点，确实很像老师，桃李满天下。

可是，一个11岁的小学六年级孩子，在她的一篇暑假作文里，却完全颠覆了这个看法，在她看来，老师不应该是园丁，更像是导游，她在作文里写道：我希望老师像导游，带我们去游览各种美景，而不像园丁，修剪掉我们不听话的枝丫，把我们变整齐。

她的作文，在班级里引起了一场激烈的争论，有赞成的，也有反对的。幸运的是，老师没有简单地给出自己的答案，而是在教师节这天，将学生的这篇作文贴在了自己的微博上，供大家探讨。这篇博文，很快就在网上掀起了一股狂澜，一天内就被转发几万次，一万多人发表评论。很多人，给出了自己的答案。

有人说，老师像妈妈，总是无微不至地关心我们，爱护我们，照顾我们。

有人说，老师像花朵。一直把孩子比喻成花朵，怎么老师也成了花朵？别急，他有自己的理由：因为老师笑起来很美，像刚绽放的花朵一样。

有人说，老师像朋友，对我们非常友好，非常耐心。

有人说，老师像大树，总是伸出长长的手臂，保护我们。

有人说，老师像蝴蝶，因为老师太美了，像蝴蝶一样翩翩起舞。

还有人说，老师像灯塔，在我们迷茫的时候、迷路的时候，照亮我们，指引我们。

有人把老师比喻成《辞海》，想知道什么，打开《辞海》，就能找到《答案》。

有人嫌《辞海》还不够，他把老师比喻成书柜，书柜里有很多的书，而老师懂得的东西，就和书柜一样一样多。

那干脆叫百度知道好了。这个提议一提出来，就有很多人跟帖，表示赞同。你不知道的，老师肯定知道；你不明白的，问老师，老师肯定明白。可不就像百度知道一样吗？

没有标准答案。老师像什么，在每个人的心里，都有一个自己的判断和评价。有人好奇地在百度知道里搜索老师是什么？给出的答案也是五花八门。其实，老师到底像什么，百度知道也不知道。

要我说，无论是老师像园丁，像蜡烛，像朋友，像亲人，还是老师像灯塔，像辞海，像书柜，像百度知道……都对，都反映出了老师在一个人心目中的分量和地位，也都只是老师的一个侧面。可以用来形容老师的词汇越多，说明老师的内涵越丰富，越多样化，越有弹性，越自由。而这，正应是教育的真谛。唯老师的多样化，教育的多样化，才能培养出多样化、个性自由的孩子。这，恐怕是这场颠覆的真正意义。

　　有些事情，有些时候，百度知道也未必知道，但作为活生生的人，我们应该知道。

无路可退时，前进是唯一的出路

午后，无所事事地坐在街头公园的一角，发呆。

低头看见，两只小虫在打斗。叫不出它们的名字，更不知道它们缘何争斗。但看得出，它们打斗得很认真，有殊死一搏之势。

小虫甲，慢慢地占据上风，小虫乙，仓皇败退。

小虫甲穷追不舍，将小虫乙逼到了一个悬崖峭壁处。在我的眼里，那只是一截矮小的断墙，但对米粒大的两只小虫来说，那无疑就是万丈深渊。

小虫乙回头看了一眼。它的后腿，已经处于悬崖的边缘。我感觉它的一根触须，颤抖了一下。

小虫甲似乎也看出了小虫乙的处境，它的触须交叉地在嘴巴前擦了擦，样子很像一个胜利在望的人，摩拳擦掌。它的身子往后蹲了蹲，显然是在准备最后一击。我看到过电视上的画面，有些小虫子会为了配偶、食物或者领地，而互相打斗，致对手于死地而后快，

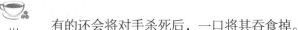

有的还会将对手杀死后，一口将其吞食掉。

小虫乙绝望而惊恐地扭转着小脑袋，它还想往后退，但后面已经没有退路了，再退半步，它就会坠下悬崖，那它必将摔死，或者重伤。

小虫甲，气势汹汹地抬起前臂，抢向小虫乙。这将是致命的最后一击，或者直接杀死乙，或者令其坠崖而亡。

令人惊叹的一幕出现了。无路可退的小虫乙，突然返身，也抬起前臂，张开牙齿，径直向小虫甲迎头冲来。如果侧耳，或许能听到它决绝的吼声，"我跟你拼了！"

小虫甲惊呆了。它没有想到，陷入绝境的小虫乙，会绝地反击。小虫甲，慌乱地闪开身子。

小虫乙，从小虫甲的面前，杀出了一条生路。它成功摆脱了小虫甲的追击。

我怔怔地看着眼前的这一切。午后的阳光晒得人暖洋洋的，一个声音在对我说，无路可走时，前进是唯一的出路。

我站起身，掸去身上的尘土，昂起头，向不远处的公司走去。

英雄背影

　　浙商博物馆里，收藏了很多"宝贝"，这些藏品，大多是从浙商中征集而来。每件藏品的背后，都有一段刻骨铭心的故事，见证了一个个成功浙商艰辛的也是波澜壮阔的创业史。

　　这是一辆普通、破旧的三轮车，曾经有个人就是骑着它，沿街叫卖、送货，谁能想到，二十多年后，这个人以八百亿的身家，成为中国富豪榜的第一名？从一瓶水建立起了一个价值数百亿的商业帝国，他就是宗庆后。

　　这是一本写得歪歪扭扭，仿佛天书一样的电话簿，号码前画着一只羊的，代表这是一个姓杨的电话，如果羊边上还有一根辫子，那就是女的姓杨的电话。这本电话薄的主人，一个字也不识，所以他只能这样靠原始的符号来区分。有一次，他在一次多部门领导参加的会议中，就用铁塔、飞机、汽车等图案分别代表管电力、招商、交通的领导。他叫潘阿祥，白手起家，打造了一个资产20多亿的有这样一张发黄的老照片，一个人骑着一辆自行车，后面载着一大桶液体皂。这是 51 岁的徐传化用自行车载着在家里用手工调制好的液体皂出门叫卖贩售的照片。1986 年，徐传化父子创办起了生产液体肥皂的家庭作坊，靠一口大缸和一只铁锅开始创业，短短 26 年，这家企业的营业收入已突破 200 亿元。这口大缸，现在就陈列在博物馆的显眼位置。

锈迹斑斑的人力运货三轮车，样貌笨拙的农家粗瓷大土缸，老掉牙的补鞋机，快要散架的货郎架，黑不溜秋的爆米花机……这些破旧不堪的物品，因为其当初的使用者，如今都创造了辉煌的成就，因为见证了一段历史，而成为博物馆珍贵的藏品，它们的身上，似乎也有了某种光环。

但是，在浙商博物馆内，也收藏了这样一些物品，它们的"主人"，最终没能成功，而是失败了。它们讲述的，是一个个失败者的故事。

在博物馆的一个展区正中，陈列着一辆红色的玻璃钢轿车外壳，别小看了这个样子有点古怪的外壳，它可是中国最早的电动轿车的雏形。它的主人是来自温州苍南的叶文贵，有着"温州第一能人"的美誉。在上世纪八十年代，当万元户成为财富的代名词时，他已坐拥了千万元资产。这个了不起的商人，想做一件在很多人看来是异想天开的事情：制造既环保又节能的电动轿车。这是他早年的梦想。那时他以为，今天的自己，已经具备了这个实力，来实现这个梦想。1989 年秋，叶文贵发明的第一台玻璃钢车身四轮四座的电动车试车，获得了空前成功，充了一夜电之后竟然可以跑 200 多公里。第二年，他发明的混合动力车又成功上路。这是中国第一辆混合动力车，也是全球充电跑得最远的混合动力车。他将之前所赚的一千多万元，全部投进电动车的发明创造中去了，他的电动汽车梦想，似乎近在眼前，可惜，由于未能实现商品化，最终，在耗尽了所有的资产之后，他的电动车项目不得不中止。他失败了，这个当年的温州首富，转眼之间，一无所有，只剩下了那辆红色汽车的外壳，以及未竟的梦想，这是一个失败者的悲情故事。

在这个展区，有一把剪刀和一根皮尺，它们的故事，也让人唏嘘不已。这把裁缝剪刀和皮尺，是当年的海盐衬衫总厂使用过的。很多人可能不了解海盐衬衫总厂，但是，它的当家人的名字，你一定如雷贯耳，他就是曾经叱咤商海的步鑫生，他把一个只有300多人的一家小厂，打造成了全国最大的衬衫厂，成为全省和全国的典型。他因为创造了"步鑫生神话"而轰动全国，成为最成功的改革家。"谁砸我的牌子，我就砸谁的饭碗"，步鑫生的这句豪言，一度风靡全国。包括这句名言在内的他的厂长哲学，对于无数白手起步的民营企业主来说，算得上是一堂最生动的启蒙课，让很多人第一次接受了市场化商业文化的洗礼。但是，就是这样一个改革家，因为一系列的决策失误，导致海盐衬衫总厂资不抵债，一颗耀眼的明星，就这样转眼垮塌。被免职的步鑫生，不得不离开了工厂，离开了家乡。他失败了，黯然退场。虽然他又接手或创办了其他企业，却再也没能重振辉煌。

还是在这个展区，展示着一张福布斯中国内地富豪榜的榜单，上面有浙商陈金义的名字。在富豪榜的旁边，是陈金义的大事年表。把这样两件物品，放在一起展示，可谓意味深长。陈金义开创了全国首例"私"吃"公"的"陈金义现象"，他创造了亿万身家，可是，因为轰动全国的欠债门事件，他又瞬间从"富翁"变成"负翁"，他失踪了，至今不知所终。无疑，他最终也成为了失败者。

这是浙商博物馆内，一个最特殊的展区，展示的不是成功，不是辉煌，也不是掌声，而是三个失败者的背影。这个展区的名字很震撼：英雄背影。没错，他们是失败者，但他们也是英雄。当一个社会能不以成败论英雄的时候，那才是一个真正英雄辈出的时代。

我在这些英雄的背影前，驻足了很久，耳旁有无数足音在回响，那正是时代前进的脚步。

注意力

一对夫妻,去郊外度假,他们住进了湖边的一座房子。推窗见湖,湖水涟漪,景色宜人,空气清新。夫妻俩很高兴,决定多住些日子。

第二天一早,丈夫就兴冲冲地起床了,他的精神,看起来好极了。妻子却一脸倦容,她有气无力地对他说,昨晚没睡好,断断续续被吵了一夜。

怎么可能? 丈夫惊讶地说,这里很安静,我睡得非常好,你怎么会感觉吵呢?

妻子也一脸惊讶,难道你没听到火车声吗?

火车声? 丈夫摇摇头,这里怎么会有火车声? 恐怕你是幻听吧。他们就是嫌城里太吵闹,才到这里来寻安静,度假的。

一连几天,妻子都没睡好觉。她看起来,比平时上班还疲倦。丈夫却每晚都睡得很踏实。

丈夫担心地说,你总是睡不好觉怎么行呢? 这样吧,如果晚上你再听到火车声，就把我喊醒，我听听到底是不是有火车。

晚上十一多钟，丈夫已经熟睡了。妻子轻轻推醒了丈夫，你听听，火车声来了。

丈夫揉揉眼睛，竖起耳朵。还别说，好像真的有火车声。远远的，"哐当哐当"地响，声音渐行渐远，一会儿就消失了。

妻子说，你先别睡，大约半个小时，还会有。

时间慢慢地流逝，周围安静极了，只有湖水轻轻拍打堤岸的声音。

半个小时左右，果然又响起了"哐当哐当"的声音，声音不大，就像远处的滚雷声。但是，如果你侧耳细听，似乎又能听得很清晰，甚至有点刺耳。

火车声再次消失了。

妻子无奈地叹了口气，半夜还会响两三次。

那一夜，丈夫和妻子一样，一次次听到了火车声，他也没睡好觉。

第二天，他们询问了管理人员，果然，在湖的对面，有一条铁路线经过，以前有客运，火车多些，现在全是货运了，只在晚上，有几趟货运列车经过。不过，离我们这有两三公里远，又隔着这么宽的湖面，对我们影响不大，如果不注意的话，根本听不见。管理人员笑着解释说，你们的听力真好，大部分的游客，压根就没注意到对面有火车呢。

又到晚上了。妻子躺在床上，睡不着，她在侧耳等待火车声经过。一向倒头就睡的丈夫，也没睡着，他竖着耳朵，似乎在极力捕捉空气中细微的振动，那个害他的妻子总是睡不好觉的"哐当哐当"的火车声。

"哐当哐当"，轻微而激越的火车声，穿过宽阔的湖面，准时响起。

多么刺耳啊！

他们再也忍受不了了。他们退了房间，逃回了城里。

其实，在他们城里的家，不远处，也有一条铁路线经过，但是，城里的嘈杂声，彻底淹没了火车声。或者，是他们根本就没有注意过，在众多的噪音中，还有一阵"哐当哐当"的火车声。

选 择

去海宁开会。会间，主办单位给大家安排了周末的半个下午，去皮革城购物。

这正合大家的心意。参加会议的人，来自全国各地，对海宁的皮革市场慕名已久，很多人想乘机去买点皮货。主办单位租了大客车，统一将大家送到皮革市场。

皮革城规模之大，超乎大家所料，众人惊叹不已。

同事小张想买一只包，让我陪她。

走进第一家店。小张激动地四处张望，品种太多了，款式太丰富了。这个瞅瞅，那个看看，一脸爱不释手的样子。老板看出了小张强烈的购买愿望，极力向她推荐。小张笑呵呵地应承，这个不错，那个也很好。可是，可是，我还是再看看吧。

跨出第一家店，老板追到门口喊，小姑娘，价格好商量的。

小张摇摇头，不是价格的问题，我再比较比较。

我们又走进了一家店。比刚才那家，规模更大，包的样式也更新潮。小张感慨地说，幸亏刚才没急着下手，不然，就没机会挑选了。这个摸摸，那个捏捏，点头赞叹，材质也很好，很柔很顺。售货的小姑娘看起来和小张差不多大，夸她眼力好，这个包适合她背，那个包也很有气质。小张不住地点头。售货的小姑娘恳切地说，那就买一只吧，我给你开单。小张却连连摆手，我先去别的店转转，回头再来买。

出了店铺，小张对我说，刚才那只包，背起来的效果真的很不错。我问她，那为什么不买下来？小张吐吐舌头，调皮地说，这么多店，我才不要急着买呢，我一定要精挑细选，后面一定还有款式更新质量更好价格更优惠的包。

第三家，第四家⋯⋯转完了东区，又转了南区，在北区还迷了路，问保安才找到出口。都是箱包店，家家琳琅满目，让人目不暇接。

下一家，下一家一定还有更好的。小张不停地给自己打气。就这样，我们足足转了三个多小时，跑了上百家店铺，看了成千上万只包。但小张一直没有下手买，不是没有看中的，而是她看中的太多了，几乎每一家，都有她喜爱的包，但是，她眼花缭乱，总觉得还有更好的另一只包，在另一家店铺的一角，安静地等着她。

约好集合的时间，到了。我们不得不走出皮革城，上车，回城。小张两手空空。

一路上，她不说话，看起来情绪有点低落，不知道是跑累了，还是没买到心仪的包。半晌，她像是对我说，又仿佛是自言自语，其实，我看过的很多包都非常好，可以买下的，我只是挑花了眼吧。

我安慰她，下次可以找个机会专门来海宁，逛皮革城，买皮包。

第二天一早，会议结束了，我们各自返程。

忽然看见，小张手里跨着一只崭新的皮包。好奇地问她，难道你又连夜回到皮革城，买了只皮包？好像皮革城晚上也不营业啊。

小张笑着说，哪里啊。用手一指，宾馆后面，拐个弯，就有一家皮包店。昨天晚上，我闲逛时发现的，就进去转了转，店不大，包的样式也不是很多，但我一眼就看中了它。只花了几分钟，就三下五除二，果断买下了它。拍拍跨在肩上的新包，我的眼力不错吧，价廉物美！

我左右瞅瞅，这包配她，确实还不错。但是，我记得昨天应该有几只包，好像比这只更适合她。

小张似乎看出了我的疑惑，乐呵呵地说，其实，昨天在皮革城，可选择的空间太大了，反而让人眼花缭乱，下不了决心。这家店很小，边上也没有其他的店，选择的余地不大，选择倒变得容易多了。

很多时候，我们会有类似的感受。当面临选择的时候，可供选择的空间越大，自由度越大，反而越难以取舍，很难果断地做出决定。小到购物，大到人生，莫不如是。

你未必认识自己

"我想先给大家介绍个人，这个人此刻就坐在你们当中，看你们能不能判断出来，他（她）是谁？"教授环顾大家说。教授是我们单位请来为大家做辅导的，在我们这行，他是权威。

"这个人外表看起来非常自信，但有时候又显得特别自卑。"教授顿了顿，等待大家的反应。

会场里小声议论开了。坐在我左边的小黄说，我猜这个人是业务部的小胡，他这个人，别看他平时大大咧咧，很自信的样子，其实，他骨子里挺自卑的。而坐在我右边的小武却直摇头，我看教授讲的这个人，更像是办公室的小张，她从小家庭受过挫折，所以内心里一直很自卑。

教授继续描述，"这个人有一点点自恋。"

教授话音刚落，小黄指着小武说，我看教授讲的是你。一个大男人，经常照镜子不说，还喜欢拿着手机自拍，不信你拿出你的手机，屏幕上一定是你自拍的照片。小武一听，立即予以反驳，你更加自恋，每次和你一起走在大街上，你老是往边上的店铺里张望，其实我知道你不是看里面的货物，而是透过人家的橱窗，欣赏自己。你说说，你这是不是自恋？

两个人争得不可开交。其实，小黄也自拍过，也经常照镜子；小武也会从商店的橱窗，瞄瞄自己。不但他们，这些事我也都干过。

"这个人还有一点懒惰。"教授又给出了一个条件。

会场里小声的分析，变成了热烈的争论。

坐在我们前面的小杨，突然扭回头对小黄说，这一点跟你很像，你就是一条标准的懒虫。

小黄不乐意了，还说我呢，你不懒惰？你看看你的办公桌，蜘蛛网都能捕住苍蝇了。

小武附和说，我也觉得这点更像小杨，交给你办的事情，你总是一拖再拖，不到迫不得已，你决不会去做，拖拖拉拉，说到底，就是懒惰。

小杨指着小武说，你也勤快不到哪儿去，就说说你的烟灰缸吧，哪一次不是塞得满满的，你才会倒掉？茶杯子，更是半年都没有清洗过了吧？

我没有插话，但我觉得，这一条也很像我，能不做的事情，我不会主动去做；能拖到明天去做的事情，今天就肯定不会动手。这不就是懒惰吗？我只是没好意思说出来。

"再给大家描述一下这个的特点，待人很热情，但是，又有妒忌之心。"

会场里忽然安静下来。妒忌之心？这可是个有点敏感的话题，大家你看看我，我瞅瞅你。

过了一会儿，我听到身后有人悄悄议论，好像是讲大兵；我又听到几个女同事在嘀嘀咕咕，她们的目光，不时落在老刘的脸上；小武意味深长地看了我一眼，我猜想，他一定是想说这一点很像我吧；而小黄则用手指，有意无意地戳戳小杨的后背……

"当然，这个人还有很多特点。那么，根据我以上的描述，你们觉得，这个人会是谁？"教授扫视着大家，问。

没有人回答。大家面面相觑。

教授笑着说："这个人，就坐在我们中间。"教授用手往东边一指，"这个人是你吗？"东边一阵骚动，你看看我，我看看你。教授又用手往最后方比划了一下，"也许是你？"后方一阵笑声，你指着我，我指着你。教授忽然用手指指自己，"其实，刚才我只是描述了一下我自己，我的优点，也包括我的缺点。"教授停顿了一下，"但是，你们是不是觉得，我所描述的这个人，既像张三，又像李四？尤其是我在指出这个人身上的缺点的时候，大家的脑子里，都会立即蹦出某个人的形象。我们总是能够很容易地看出别人身上的毛病和不足，对我们自己，却往往眼前黑。而我要告诉你们的是，这个人，恰恰就是你自己。"

教授站起来，在黑板上写下了他今天要开讲的主题：你未必真正认识自己，那么，成功之路，让我们就从了解自身开始吧。

世界上最远的距离

"世界上最远的距离 / 不是生与死的距离 / 而是我站在你面前 / 你不知道我爱你……"我的朋友是位老师,在一个偏远的山区支教,在她给孩子们念泰戈尔这首诗的时候,教室里忽然传来了一阵轻微的啜泣声,她循声看去,只见一名女生泪流满面。她走过去,轻声问女生怎么了?女生擦了擦眼泪,平复了一会儿,满怀歉意地对她说,对不起,老师,我控制不住。

她没想到,这些大山里的孩子,内心的情感世界,会这么丰富,一首诗歌,就能让他们这么感动。她猜想,一定是泰戈尔的这首情诗,触动了这个十二三岁女孩子的内心。但转念一想,难道她已经有过类似的情感体验了?这也太早了点吧?想到这里,她又试探性地问她,为什么?

女生站了起来,对她说,老师,我觉得世界上还有更遥远的距离。教室里躁动了,全班同学的目光,一下子都聚集到了那名女生的身上。

她用目光鼓励着女生。顿了顿，女生说，我觉得世界上最远的距离是，爸爸妈妈到城里打工去了，而我们一年也见不到他们一面。

她怔住了。刚来支教时，她就了解到，很多学生是留守儿童，爸爸和妈妈都外出打工了，很多孩子是和年迈的爷爷奶奶一起生活。由于这样那样的原因，很多打工的父母，一两年都难得回家一次，有的甚至好几年才回来一次。因为常年连面都见不到，很多孩子严重缺失父爱和母爱。

教室里突然安静下来，她注意到，另外几个女生的眼睛，也湿润了。她的眼眶，也有点湿。那是朋友支教以来，感触最深的一堂课。

世界上最遥远的距离是什么？我在网上，看到过很多仿句，有人说，世界上最远的距离，是你在四环，我也在四环。这是一位住在北京的朋友，在经常拥堵不堪的大城市，最远的距离，往往就是这样可望而不可即。现代人的无奈，跃然纸上。

有人写道，世界上最遥远的距离，是出了校门，却找不到一家可以收留我的大门。为了找到一份工作，多少学子四处求职，到处碰壁，其中辛酸，唯有过来人自知。

还有人这样写，世界上最遥远的距离，是城里的房子那么多，却没有一处我安身之地。这是一位在城里奋斗了若干年，却连个栖身之所都买不起的打工仔的心声。

让我触动最深的，是这样一句话：世界上最遥远的距离，是你在我面前跌倒了，而我却不敢伸手去扶你一把。在信任严重缺失的时代，人与人之间的互信、互助，已危如累卵，不堪一击。身体近在咫尺，心灵却远隔天涯。

真正遥远的距离，很多时候，往往并不是距离本身产生的，而是迫于现实的困顿，或者迫于人生的无奈啊。

今天的你，最年轻

在每年一度的退休老同志茶话会上，老同志们聊起自己退休后的生活，大多是含饴弄孙，打打牌，跳跳舞，偶尔出去旅游一趟。一位年近七旬的老同志忽然对大家说，他从前不久开始，学英语了，目前已经背下了一百多个单词。

学英语？大家好奇地看着他，您老都这么大把岁数了，还费心劳神学那东西干什么？子孙在国外，准备出国？

老同志摇摇头说，家里没人在国外，暂时也没打算出国旅游，就是想趁自己还年轻，再学点东西。

会议室里笑炸了锅，您老都快七十了吧，还年轻？

那位老同志看看大家，笑眯眯地说，在我剩下来的日子里，今天不就是我这辈子最年轻的日子吗？

大家的笑声戛然而止，陷入沉思。是啊，相对于未来的日子，今天的你，可不正是自己最年轻的一刻吗？

经常听到四五十岁的人慨叹，年轻不再，因而萎靡不振，做什么事都没有恒心，缺少动力和耐力。没错，相对于二十岁的小伙子来说，四五十岁的人，已算不得年轻，但是，相对于 10 年之后的你，今天你是不是还很年轻？！与一位七八十岁的长者相比，你是不是还非常年轻？

年轻是什么？字典的解释是，它指年纪不大（多指十七八岁至三十岁出头），相对来说年龄处于较小的状态。纯粹地从年龄角度来看，35 岁之后，大约就属于中年了，也就是不再年轻了。但年轻又永远是相对的，你四十岁时，就一定比五十岁年轻；六十岁时，仍然比七十岁年轻。如果与自己相比，你的任何一个今天，都是你余下的生命中，最年轻的时光。

年轻是一种心态，也是一种状态。有的人，年纪不大，却未老先衰，总是暮气沉沉，没有一点朝气和活力。有的人，虽到了耄耋之年，依旧生龙活虎，保持良好的心态和活力。你敢说，一个三十岁的人，就一定比一个六十岁的人年轻吗？我看未必，恐怕轻的只是年龄，不是状态。

人人都想趁自己年轻的时候，努力多一点，把自己一生的基础打扎实一点。这是一个很美好的愿望。可是，有的人在奋斗了几年之后，一旦没出什么成果，没见什么成效，就打起了退堂鼓，自己先泄了气，认为自己最年轻、最美好的时光流逝了，理想破灭了，于是开始浑浑噩噩地混日子，过一天算一天。一般把年届六十的人，算作老人，却有很多人，从四五十岁，甚至更年轻的时候，就开始步入了年老的状态。一个人的衰老，不是从某个年纪开始的，而是从你的心失去了活力的那一天，就悄悄开始的。

年纪大了，未必就不再年轻，无论你现在是四五十岁，还是六七十岁，因为在自己剩下的日子里，你的每一个"今天"，都是你余下的生命中，最年轻的一刻。如果真想趁自己还年轻的时候，再多学一点东西，多一点努力，让自己的生活充实一点，从什么时候开始，都为时不晚，因为，你还年轻。

我很钦佩那位那同志，都快七十岁了，还保持一颗年轻的心。虽然我并不赞成，一个人要忙忙碌碌一辈子，把短暂的一生都拿去拼搏，人到了一定的年龄，就应该学会慢下来，享受生活。但是，保持一颗年轻的心，至少"今天"比"明天"年轻一点，你就总是能活在"年轻"之中。

对我们每个人来说，今天的你，最年轻。换句话说，明天，你就比今天又老了一点。如果你还心有不甘的话，如果你还有什么未了的心愿，那就趁自己还年轻，去做一点自己想做的，且力所能及的事吧。今天就开始。

第二辑

情语：幸福家庭的姿态

母亲的大事

儿子夫妻俩都去上班了，孙子也去上学了，家里空荡荡的，安静极了。她将菜篮子拎到阳台上，开始细心地拣菜。这是她一大早从菜场买回来的，赶那么早，就是为了买的菜稍稍新鲜一点。城里的菜，永远没有自己在乡下种的，那么新鲜、娇嫩，可以随时去菜地摘一把回来。

她将菜叶子一片片小心地掰开，黄的叶子摘掉，虫蛀过的摘掉，能在菜叶里发现一两只小虫子，那是再好不过了，说明这菜最近没打过农药，但虫子一定要找出来，不然，眼尖的孙子会吓坏的。她的眼睛有点花，需要将菜凑得很近，才能看清楚，菜叶子经常戳到她的鼻尖上。

摘好的蔬菜，洗净，再放在清水里泡一泡，这是她看电视学来的，说这样可以减少一点蔬菜里残留的农药和化肥什么的。

然后，她拿出一块瘦肉，慢慢地切成碎块，再一刀一刀剁成肉

第二辑　情语：幸福家庭的姿态

泥。也不知道是刀有点钝了，还是自己的手腕没力气了，花了差不多个把小时，她才将那块肉剁成均匀的细碎的肉泥。这是为孙子最爱吃的肉丸汆汤做好准备。

她将骨头洗干净，放进砂锅里，烧沸，舀去浮沫，加进葱段，改成小火，慢慢炖。

时间不知不觉，已到中午了。肚子好像有点饿了。她从冰箱里拿出昨晚剩下的饭菜，热热，吃了几口。

她囫囵了一觉。醒来已经是下午三四点了。她赶紧淘米煮饭。厨房里响起"嗞拉嗞拉"的声音，油烟四起。她干咳了几声，又揉了揉了眼睛。

门铃响了。孙子放学回来了。儿媳妇也下班回来了。最后一个回来的，是儿子。

她正好烧好最后一道菜，热腾腾的菜，端上了桌子。她打开餐厅的电灯。一家人，围坐在桌前。她笑眯眯地看着他们，他们吃得越香，吃得越多，她越开心。

她是我的母亲。

父亲去世后，母亲的生活重心一下子变了。没有了需要她照顾的父亲，没有了父亲的陪伴，她变得孤单，落寞，经常无所事事地一个人坐在老家的屋檐下，发呆，一坐就是大半天。我将她接到了城里。她其实一点也不习惯城里的生活，但我告诉她，我们需要她，请她再帮我们一把，她就安心地住下了。平时，我们一家三口，上班的上班，上学的上学，只留下她一个人在家。她其实依旧是孤单的。但她每天都有一件大事要做，那就是为我们准备晚饭。没错，为我们一家三口做好可口的晚饭，这是母亲一天之中，最大的事情，最重要的事情。每天，她认真地、不厌其烦地重复着这件大事。

母亲这辈子，也做过不少大事情，其中，最让她自豪的两件大事是，和父亲一起，将老家的房子翻盖成了大瓦房，那可是当年村里的第一间瓦房；另一件大事就是，把我培养成了大学生，那可是村里出的第一个大学生。这两件大事，让母亲自豪了一辈子。但是，现在母亲老了，她再也做不成什么大事了。为她的孩子们做一顿热乎乎的晚饭，对她来说，那就是大事，天大的事。

我家对面的邻居，是位独居的老太太，她唯一的孩子，博士毕业后，定居在了美国，那是她的成就和骄傲。儿子和她约好了，每个星期天的晚八点，他会打国际长途回来。于是，这个老太太，一星期中最大的事，就是等待星期天的到来，等待星期天晚上八点钟准时响起的电话铃声。等待远隔重洋的儿子的电话，就是她最大的事情。

我有位同事，老家在千里之外的东北。自从她只身一人来南方工作后，她的母亲就养成了一个习惯，每天晚上准时收看新闻联播后的天气预报，看看杭州的最高气温是多少，有没有下雨，是不是台风又要来了？看完了天气预报，她会立即拿起电话打给女儿，叮嘱她，明天你们杭州的温度是多少，天气如何，别忘了带伞，记得关窗户等等。关注女儿所在的城市的天气，成了这位母亲一天中的大事。

这就是我们的母亲。她们年纪大了，体力大不如前，再也没有能力做什么大事，事实上，她们一辈子可能也没做成什么大事情。但是，现在，她们却认真、努力地做着一件件大事：为你做饭，等你的电话，或者，为你去接你的孩子放学……

没错，这都是生活中的琐事，但对一位母亲来说，为她的孩子做的任何一件事情，都是大事，天大的事，生命中最重要的事。从成为母亲的那一天开始，她就一直在做。

你看到的棚子是个家

    Steve McCurry（史蒂夫·麦凯瑞）是著名的摄影师，他的足迹几乎踏遍了地球的每一个角落。2012年，他再次环球一周，这一次，他选择走进那些最贫穷凄凉之地，拍摄了一组令人震撼的照片——散落在这个美丽星球上的极其简陋的棚户。

    一条肮脏的小河边，搭建着一排排用木棍支撑的小木屋，破旧，摇摇欲坠；河面上，还横七竖八地拴着几条破烂不堪的小船，船上，也是用木板搭成的房子。一个披着黄头巾的女子，正走进一只小船屋敞开的门，在她的身后，一个老妪，勾腰驼背，在发黑的水里，洗着什么。这张照片，拍摄于克什米尔。

    另一张照片，拍摄于巴基斯坦的白沙瓦地区，地面上，搭着一个个人字型的帐篷，一条小路，在帐篷间蜿蜒，一个双手拄着拐杖、一条裤腿空空荡荡的男子，迎面走过来。远处的群山，像一陀黑影，将整个画面压得喘不过气来。看不出，这是一座村庄，还是一处难民营。

这是埃塞俄比亚的一个村庄，一个用草、树枝、藤子捆扎而成的棚子，一位全身黝黑的妇女，一手端着一个盘子，一手撑着地，正从草棚的洞口，慢慢爬出来。它不是门，也不是窗户，而是一个洞口，那是他们进出的唯一通道。洞口，站着一个瘦骨嶙峋的孩子，黑黑的肚皮，却圆得像面鼓一样。

这是一片沙漠，金黄的沙子，风干的树枝，远处是一团一团的荆棘，照片中央，突兀着一座刷着白墙的房子。门框边，站着几个或大或小的孩子，眼看着几个全身裹着纱巾的妇女，慢慢走过来。她们是孩子的亲人、亲戚、邻居，还是路过的客人？附近，看不见村庄，也看不到别的房子，毛利坦尼亚的沙漠，广袤无垠。

一个十几岁的小女孩，安静地站在栅栏前，面带微笑。她的身后，是背景模糊的一窝棚子，棚顶上，乱七八糟地搭着碎片一样的油布毡，一个赤裸着上身的男人，手里抱着一个幼儿，坐在黑洞洞的门前，他的身边，还有一个男孩，在做着腾飞的动作，而另一个小女孩，则蹲在地上，用脸盆洗着什么。这是菲律宾的一个五口抑或六口之家？没有看到女主人的身影。

斯里兰卡的铁路边、马里的荒原上、坦桑尼亚的一家简易厨房内、马其顿一间挂满红辣椒的黑屋子里……这些散布在世界各个角落的草棚、泥土垒砌的小屋、随时都会散架的木房子，很难找出一个恰当的字眼，来形容它们的破败、肮脏、贫困和寂静，这些棚户里，却居住着各种各样肤色的人，男人、妇女、老人和孩子，拥挤在一起。他们可能在这里出生，也可能已经在这里住了大半辈子，甚或他们的祖辈，就开始居住于此。这些破旧的棚子，是他们的家。

如果不是看了这些照片，我不敢想象，与我们同时代，在同一个星球上，还有那么多人，生活如此不堪。但让我更加震撼和感动的是，虽然所有的棚户都如此破旧、简陋、脏乱，但生活仍在继续：天黑了，孩子们会寻着灯光回家；肚子饿了，棚户上空的一缕缕炊烟，会像亲人的手召唤着他们；刮风了，下雨了，鸡和狗，会争先恐后地跑回来。再不堪的棚子里，有老人，有孩子，有支撑它的柱子和壮年，它就是一个人的家，一处港湾。

一次，我和孩子一起坐火车去一座大城市，火车快驶进城区时，儿子指着铁路边一闪而过的棚户问我，这些棚子是干什么的？我告诉他，那是一个人的家。那个人，可能是个拾荒者，也可能是个流浪汉，但那是他的家，他的和他的孩子、他的老人的家。

这世界，还有很多穷苦的人，如果你不能帮助他们，也请别笑话他们，更不要鄙视他们，他们居住的屋子可能连富人家的狗窝都不如，但那是他们的家，那个家里，有诸多不堪，但也有家的一丝温暖。

妈，喊你千声也不厌倦

"妈，我吃饱了。"小女孩走到女人身边，湿漉漉的双手在衣摆上擦了擦，说，"妈，我把碗也洗了呢。"

女人赞许地看了女孩一眼，点点头，继续埋头干着手头的活。她是个补鞋匠。她手头正在补的，是我刚刚拿来的一双旧皮鞋。

"妈，那我看会儿电视啊。"小女孩看起来七八岁的样子。

女人点点头。我扭头看了看，小小的店铺里面，用布帘子隔成了两截，墙角放着一台老式电视机。小女孩打开了电视，调了几个台，最后停在了一档动画剧节目上。小女孩搬了张小凳子，安静地坐在电视机前。

女人对我说，开口的地方，上点胶水，再机扎一下吧，这样牢固些。我点点头。

屋子里漂浮着一股有点刺鼻的胶水味。

"妈——"小女孩又喊了一声。

女人抬起头，看看小女孩，问，有啥事么？小女孩笑笑，小嘴巴噘了噘，“妈，我忘了有什么事了。”

女人摇摇头，继续忙活。

我笑着对女人说，你女儿嘴巴真甜，一口一个妈。

女人也笑了，这娃，一天要喊几百声妈，有事没事，都要来烦你一声。

小女孩听到妈妈在说她，不高兴了，小嘴巴嘟囔着，“妈，你又说我坏话了吧？再说我坏话，我不喊你了。”

女人没抬头，妈没说你坏话，妈夸你呢。

小女孩乐了，“妈，我晓得你没说我坏话，我逗你呢。”

听母女俩的对话，真是一件趣事。

上了胶水，需要等一会，女人拿起了另一只要补的鞋。

我问女人，以前好像没看到过你女儿？

女人说，孩子她爸在工地上做木工，孩子一直留在老家，爷爷奶奶照顾着。前几天，学校放假了，爷爷奶奶要做农活，管不了孩子。夏天，孩子喜欢玩水，我们那儿，每年夏天都有孩子被水淹死的。放在老家实在不安心呐。正好我新租了这个小门面，比以前在路边摆地摊条件好多了，就把孩子给接来了。

女人看了一眼小女孩。这孩子，从小我们就没怎么带过她，孩子出生的第二年，我就和孩子爸爸，一起出来打工了，每年只有春节才能回去一趟，见孩子一面。以为孩子跟我们生分了，没想到，孩子还是跟我们这么亲，但我们对她的付出，真是太少了。女人的话里，又是欣慰，又是歉疚。

“妈，你咋又说我呢？我就是喜欢喊你嘛，妈！妈！妈——”小女孩撒娇地连喊了几声“妈”。

我的鞋修好了。走出修鞋铺，我听到身后小女孩又在喊，“妈，那我做会作业了啊。"声音那么甜。

从我身边，跑过几个小男孩，浑身晒得黑黝黝的。这个城中村里，租住了很多外地民工和做小生意的人，这些孩子，大多是他们的父母临时从老家接来的。毒辣辣的阳光下，他们玩得多么开心。

我知道，对他们来说，这是一次短暂的聚会，一年中，唯有这些天，他们可以和自己的父母又厮守在一起，至少晚上，父母们能从各自打工的工厂、工地、店铺，回到出租屋，这个简陋的家中。也唯有这些天，他们可以当着父母的面，喊一声："爸！""妈！"

爸，妈，喊你多少声，我也不会厌倦。

母亲的西湖

又堵车了。从他家到火车站，有一条近路，但经常堵车，为了避开，今天他特意绕了个大圈，没想到半路上还是堵住了。他愤懑地嘟囔着。

坐在后排的母亲安慰他，莫急，赶不上就坐明天的火车回去，一样的。

母亲要坐火车回老家去。

忙不过来时候，他会将老家的母亲，接到杭州来，帮帮他。这些年，每年母亲都要来杭州一两次。

母亲一来，他和妻子就轻松多了，儿子有人管了，饭有人做了，家有人照顾了。他和妻子，就都可以腾出手，安心忙各自的工作。

每次母亲来，住上一两个月，等孩子又开学了，他们手头的工作也暂告一段落了，就又到了母亲该回老家的时候了。他知道母亲其实住不惯这里，所以，每次母亲提出要回老家去，他也不阻拦。

有几次，他要开车送母亲回去，都被母亲拒绝了，她执意自己坐火车回去。他知道，母亲是怕影响他工作，再说，开车的费用太贵了，母亲舍不得。

母亲就像候鸟一样，匆匆飞过来，又飞回去。

母亲突然指着车窗外说，大楼后面好像有个湖，那、那是西湖吗？

他扭头看了看，目光穿过大楼，看见一块白白的水面。其实不用看，他也知道，那就是西湖。西湖可不就在那个方向。来杭州工作已经十几年了，他无数次去过西湖，熟悉得就跟小时候家门口的那块池塘一样。当然，没有一次是自己单独或一家人去逛的，全是陪外地来的客户和朋友。他想，反正自己已经在杭州了，有的是机会，随时可以去西湖边逛逛。而别人从外地来了，能不立即陪着到西湖边转转吗？西湖逛了一趟又一趟，他已经麻木了。

母亲轻声说，能开车转过去吗？我想看一眼西湖，到湖边看一眼，就可以了。

他回头望着母亲，犹疑着问，妈，你没看过西湖？顿了顿，又嘟囔了一句，我没带你来过西湖吗？

母亲摇摇头。

这怎么可能？他不相信地晃了晃脑袋。母亲来过杭州少说也有二十多次了，自己怎么可能一次也没带她老人家来西湖边走走看看？他真的记不清了。

他将方向朝右一打，往西湖边驶去。

从南山路，到杨公堤，再到北山路，他沿着西湖，绕了一个大圈。他在心里想，今天先开车带母亲绕西湖一周，下次再陪母亲，一个景点，一个景点慢慢去看。

一路上，母亲不说话，一直侧着头，盯着窗外。窗外，是西湖，风景如画的西湖。

最后，车子进入西湖大道，往火车站方向驶去。车窗外，看不到西湖了。

这次回去，我终于可以跟你王大妈她们讲讲真的西湖了。母亲激动地说，每次从你这儿回去，王大妈他们都会上家里来，让我讲讲西湖，她们都没来过杭州，没看过西湖呢，这辈子怕是都没机会了。我就跟她们讲啊，西湖很大，很漂亮的，有好多船，湖边永远有好多人，从全国各地来的。母亲忽然压低了声音，其实那都是我在电视上偶尔看到的。她们一遍遍听我讲，都夸我有好福气，儿子在杭州工作，在西湖边，那是天堂呢……这次回去，我终于可以讲得具体点了。

他的鼻子忽然一阵阵发酸。母亲来杭州这么多次了，没有一次是为了来游玩，不是来享福，而总是来帮他们一把的。而自己，甚至还一次都没有带母亲到西湖边逛逛。

他抬腕看了看时间，赶上那趟火车时间绰绰有余，不过，他已经打算好了，等到了火车站，他再谎告母亲，火车票买不到了，让她等几天再回去。他想好了，明天，对，就是明天，他和妻子、儿子一起，陪老母亲来西湖边逛一逛，散散步，坐坐游船，在湖心岛吃一碗西湖藕粉，再来一盘西湖醋鱼……他要让母亲真正地游历一次西湖。

岳母的残疾车

十九年前，岳母骑车时摔了一跤，将左腿的股骨颈摔断了，从此走路一瘸一拐，只能靠右腿吃劲；祸不单行，快七十岁时，又摔了一跤，这次，右腿的踝骨跌碎了。

我们以为她再也不能走路了，便给她买了辆残疾车。社区服务周到，上门为她办了一张残疾证。岳母看了一眼残疾证书，叹了口气，默默地装进了一个盒子里。那是个老式的梳妆盒，里面放着岳母的教师证、退休证，还有一大堆荣誉证书。其他的证书都是红色的，唯这本残疾证书是蓝色的，很显眼。

那辆残疾车，很快派上了用场。

一位亲戚的孩子考上了大学，在饭店里请亲戚朋友聚一聚。岳母执意也要参加。亲戚的孩子小时候，得到过岳母不少的教诲，岳母是看着他长大的，就像她的学生一样。岳母退休已经十多年，每年还会有很多学生来看望她。岳母对待她的学生，比子女都上心。

岳母第一次坐上了她的残疾车。调整了半天，也没找到一个合适的姿势。我们知道，不是残疾车坐着不舒服，而是岳母还不习惯坐着残疾车。岳母是个非常要强的人，能自己做的事情，从来不麻烦别人。可是现在，她不得不像个老弱病残，坐进残疾车，由别人推行，这显然让她很不自在。

一路上，她都低垂着头，或者将整个身子扭过来，和身后推车的人说话。也不知道她是不想看到自己脚尖前面的路，还是不想在路上被熟人看到。进了饭店，她执意不肯坐残疾车上楼，而是让我们将残疾车寄存在了大堂，然后，让我们搀扶着上楼。她不想让大家看到她是坐残疾车来的，尤其不想让那个孩子看到。岳母走进餐厅的时候，大家都惊讶不已，谁也没有想到，她还能走路，虽然看起来很吃力。那是岳母再次跌断骨头后，第一次走出家门。

我们在外地工作，每年只能回去看望两三次。那次回家，家门竟然锁着。拨通岳父的手机，他告诉我们，和岳母正在菜场买菜，马上就回来。

我们在家门口等。想象着岳父推着坐在残疾车里的岳母，我们的嗓子，有点发酸。我们不在身边，没办法照顾他们，两位年近七旬的老人，只能互相照顾了。

儿子眼尖，看到了外公外婆。奇怪的是，推着残疾车的，竟然不是岳父，而是岳母。残疾车的座位里，放着一个菜篮子，篮子里面装满了菜。岳父走在岳母身边。

回到家，还没坐定，我们就急切地询问，岳母怎么不坐残疾车，而是自己推？岳父笑了，你妈出门，从来不坐残疾车，她只是借残疾车的一点力。有时候，我们走累了，她还让我坐上去，推推我呢，你们想不到，她的臂力，现在可大了。

吃饭的时候，一边吃，一边聊。岳母告诉我们，每天，他们俩都是一起去菜场买菜，就像今天这样推着残疾车，菜篮子放在座位里。你们吃的菜，可都是我推回来的呢。岳母的语气，充满自豪。岳父补充说，每天傍晚，你妈都喜欢出去走走，也是这样推着残疾车的。

真没想到，岳母的残疾车，会是这样的用场。岳父告诉我们，为了残疾车进出方便，你妈的一个学生，还特地来为我们家的门槛，做了一个斜坡，这样，你妈推着残疾车进出，就方便多了。就算我不在家，她也可以自己一个人推着残疾车进进出出。

我们一直想为他们请个保姆，照顾他们，都被他们坚决拒绝了。两位老人，总是想减轻我们的负担。

今年夏天，我们陪岳父母到上海去玩。一路上，岳母还是坚持不坐残疾车，而是自己推着。南京路、外滩、豫园，每到一处，岳母显得特别开心。这是他们第一次到上海。岳母激动地说，她以为这辈子也来不了上海了，没想到，不但来了，还能自己走路，真是太开心了。路上，岳母还坚持让我们将背包和装吃的袋子，都放在她的残疾车上，"这样你们就省力了。"就这样，岳母的残疾车，成了我们的行李车。

不时有人好奇地看看我们。鬓发斑白的岳母，有点一瘸一拐地推着她的残疾车，一脸平静，隐约露出几分自豪。路灯下，岳母的背影，和残疾车重叠在一起，伸向远方。

快递来的礼物

　　门铃响了。我以为是儿子回来了，今天是他的生日，也是我和他妈妈结婚的纪念日。

　　打开门，却是一张陌生的面孔，手里拿着一件包裹，送快递的。我签了名，接过包裹，随手扔进了玄关的柜子里。这里，堆放着很多类似的包裹，都是妻子从网上买来的，有的是拆开后的空袋子，有的，她还没来得及拆。

　　妻子是个网购达人，自从迷上了网购之后，不但她自己穿的、用的，我们家几乎所有的东西，都是她从网上买来的。很多在实体店很难找到的东西，她也能轻而易举地在网上买到。每天，她都要到网店上转转，总是能有所收获。

　　儿子是妻子的支持者，也是受益者，有什么想要的东西，只要告诉他妈妈一声，或者给个网址，很快，宝贝就会如愿以偿地来到他的手中。高考前，有几本复习资料书店脱销了，最后，还是妈妈帮他在网上买到的。儿子对妈妈很钦佩。及至去年上了大学，到遥远的四川去读书了，很多同学都申请了支付宝，自己上网淘宝，他却不肯申请，而是继续让妈妈替他代购，由店家直接快递给他。我知道他的心思，这样，买东西就可以继续不用花他自己的生活费了。妻子却乐此不疲，儿子的依赖，让她很有成就感。

每隔一段时间，儿子就会发一条信息给妈妈，上面是网上某个宝贝的网址。妈妈，我喜欢这个，帮我买一下吧。就像接到了命令一样，不管什么时间，哪怕是深更半夜，妻子都会一骨碌爬起来，打开电脑，上线，帮儿子选购。为了购物方便，她申请了网上银行。验证码、登陆密码、交易密码等等，那么一长串数字，她都烂熟于心，完全看不出，她也是个快五十岁的小老太婆了。

妻子惊喜地发现，不但可以自己网购，帮儿子网购，给别人送礼，竟然也可以通过网购。她有个外地同学，儿子结婚了，邀请她去参加婚宴，顺便一帮很多年未见面的老同学好好叙叙旧。她答应了。未料，临时有事，走不开。她将礼金打到了另一个同学的卡上，由同学转交，又通过网店，订购了一大束鲜花，嘱托快递公司务必某日某时送达某酒店某某签收。

以前，每年岳父母生日的时候，我们都会尽量赶回去，陪老人一起过。虽然开车回去要两三个小时，有点累，但老人见到我们，总是很开心。去年，岳母过生日前，妻子忽然冒出个新主意，不回去了，但是，给他们一个惊喜。惊喜就是：通过网络，在岳父母家附近的蛋糕店订做了一只大蛋糕，又向附近的一家鲜花店，网购了71朵康乃馨，代表岳母71岁生日，让店家在岳母生日当天送达。

岳父打电话来，收到礼物了，很开心，很意外，也很无奈。71朵花，根本没花瓶插，更要命的是那块大蛋糕，他和岳母根本吃不了几口，我们又没回去，就都剩下了，不知道怎么处理。妻子自己

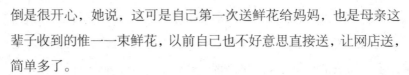

倒是很开心，她说，这可是自己第一次送鲜花给妈妈，也是母亲这辈子收到的惟一一束鲜花，以前自己也不好意思直接送，让网店送，简单多了。

转眼，岳父的生日又快到了。妻子那几天都在网上转，考虑网购点什么送给岳父。岳母的电话提前打来了，叮嘱我们，千万别再送什么鲜花和蛋糕了，你们能回来最好，要是没时间回来，到时候打个电话也成。放下电话，妻子盯着电脑屏幕，怔了半天。

门铃又响了。开门，是妻子。

外面，天色已经渐渐晚了，儿子还没有回来。我打电话给儿子，他说，他和几个朋友在外面吃饭，不回家了。我轻声问，今天是你生日，也是我和你妈妈的结婚纪念日，我们全家难得聚在一起，你不回来吗？儿子回答，我没忘记啊，但我真有事，我给你和老妈买了礼物，快递公司还没送到吗？

我想起了那件包裹。拿出来，准备拆开。妻子忽然压住了我的手，先不拆了，我宁愿他回来陪我们吃顿饭。

灯光下，妻子的眼里噙着泪花。

中年人有三个家

　　老唐这几天有点抓瞎，在上海工作的儿子打来电话，说自己最近要出差，妻子又在外地培训，孩子没人带，让他和妈妈赶过去帮帮忙。这头刚放下电话，那头老家的远房侄子又打来电话，告知八十多岁的老父亲最近身体不大好，感冒久治不愈，催他赶紧回去带老人到城里的大医院看看。

　　他和妻子一商量，只好分头行动，他回老家照顾老父亲，妻子赶去上海帮助儿子。妻子已经提前退休了，他也退了二线，单位里倒没什么事情，请几天假就可以了，只是自己家里，还养了一条狗，阳台上种了不少花花草草，夫妻俩这一走，狗和花草，都只好委托给朋友，帮忙照顾了。

　　老唐发觉，自从人到中年之后，对于家的概念，他反而越来越迷糊了。

　　小时候，父母的家，就是自己的家，唯一的家。他在乡下长大，直到 18 岁那年，当了兵，离开了家。那几年，探亲就是回乡下的家，探望父母。若干年之后，他转业来到了现在的这座城市，离家二百多公里。一有假期，他就会坐上长途车，回家。再后来，他结婚了，有了自己的家。父母的家，遂成了老家。

很长一段时间，父母的家，也就是乡下的老家，与他自己的家，也就是他在城里安的家，让他有点混淆。他对单位领导说，我要请几天假，回家一趟。这个家，是父母的家。回到乡下的家，陪伴着父母，一切熟悉又陌生。假期完了，他对父母说，我要回家了。这个家，是城里的那个家。他觉察出父母眼中的一丝失落。在父母面前，说自己回家，却是去另外一个地方，这也让他感觉很别扭。因此，后来他就改口了。他对父母说，我要回去了，而不说我要回家了。以前，打电话让父母到城里来，他会说，你们来我家住几天吧，换成了你们来我这儿住几天吧。他觉得，父母在，那儿就是自己的家，永远的家。

他有了自己的孩子。这个三口之家，越来越忙碌，担子也越来越重，他不得不把更多的精力，投入到这个家庭之中。为了孩子上学，他几次租房子，换房子，搬家，每次搬家，孩子都欢喜得不得了，"又搬新家了"。在孩子眼中，只要在父母身边，搬到哪儿，都是温暖、安全的家，他为什么不快乐呢？随着时间推移，他们的房子变大了，以前只有一个房间，一家三口挤在一起，后来条件好了，孩子有了自己的房间，他还特地准备了一间客房，那是留给乡下的父母的，虽然年纪大了之后，他们进城的次数越来越少了。但是，每年过年，如果父母不肯来城里的话，他就一定带着老婆孩子，回乡下的家，和父母一起。

孩子大了，去外地上大学了，他的家，忽然也空了下来，像乡下父母的家一样。孩子毕业了，工作了，谈恋爱了，结婚了，有了自己的家。他们只有这一个孩子。自从儿子定居上海之后，妻子就经常在他耳旁念叨，要不要退休之后，到上海去，和儿子住在一起。他一直很犹疑，在他看来，那是儿子的家。妻子不同意他的观点，儿子在哪儿，哪儿就是我的家。他想想，也是，难道说，自己的家，不是父母的家吗？那么，儿子的家，又何尝不是自己的家？

他有了三个家。年迈的父母，守着乡下的老家，那是他们的根；他和妻子也在守着这个家，它就像一个中接站，对儿子和孙子来说，他的这个家，就是他们的根据地，他们的老家。而儿子远在上海，支撑着另一个家。

看电视上的天气预报时，有三个地方，他是必注意的：遥远的乡下老家，上海，还有自己居住的这座城市。老家或上海，有什么天气变化，他都会立即拿起电话，给老父亲或者儿子打过去，问候一声，提醒一句。老是晴雨不同，凉暖不同，气候不同，让他觉得，自己的三个家，相距真的不近，自己的家，真的有点大啊。

父母在哪儿，家就在哪儿；孩子在哪儿，家就在哪儿。他觉得，这两句话，都对，家在哪儿，心就在哪儿，爱就在哪儿。

谁关注你的背影

母亲从老家来。从火车站接到母亲，穿过车站广场，向停车场走去。母亲年纪大了，走得慢，虽然他放慢了脚步，但母亲还是落在了后面。

上了车。母亲忽然心疼地对他说，你的背怎么有点驼了？是不是趴在桌子上太久了？他是做文字工作的，每天都要伏案头十个小时。他点点头，没关系的。母亲轻声说，可你爸在你这个年纪的时候，腰杆还挺直的呢，你要照顾好自己啊。

父亲去世已经八年多了。记忆中的父亲，印象最深刻的，是他生命中的最后时光，躺在病床上，蜷缩成一团，干瘦，脸色蜡黄，了无生气。但只要子女来到病榻前看望他，他就会强撑着坐起来，面带笑容。父亲的背影，他还真记不大清了。从小，他就喜欢走在前面，大步流星，或者奔跑。总能听到身后的父亲或者母亲，大声地提醒他，慢点，注意安全。因为总是跑在前面，他很少看到父母的背影，或者是看到了，却根本没有留意？

父亲的背影，到底是怎样的？他一边开车，一边努力地回忆。脑海中浮现的，却都是父亲忙碌的身影，竟然没有想起一个完整的背影。他看了一眼后视镜，与坐在后排的母亲，目光碰到了一起，母亲一直在盯着他看，盯着他的背影看。

他的心猛地颤抖了一下。

人到中年，他发觉自己不知道从什么时候开始，也时常怀旧，变得多愁善感了。

脑海中突然跳出来一个背影，是儿子的。

那是去年秋天，他和妻子一起，送儿子去成都上大学，顺便旅游一趟。陪儿子办好了入学手续，在学校门口，和儿子告别。儿子转身向校园走去。这时，一辆开往火车站的公交车来了，他喊妻子赶紧上车，妻子却一动不动，目不转睛地向校园里张望，他循着妻子的目光看过去，在来来往往的人群中，他一眼就看到了儿子的背影，瘦削，高大。公交车开走了。他和妻子一直目送着儿子的背影，消失在尽头的拐弯处。儿子一直没有回头。他看到妻子的眼里，噙着热泪。妻子叹了口气，心疼地说，儿子太瘦了，你看他的背影，跟个电线杆似的。

儿子不会知道，妈妈和爸爸一直在他的背后，默默地注视着他渐渐远去的背影。

就像那天一样，儿子留在他脑海中的，有很多很多背影。

从儿子蹒跚地迈出人生的第一步那天开始，他和妻子，似乎就习惯了他的背影。儿子学步了，他小心翼翼地跟在儿子的身后，随时张开双臂，以防儿子拌倒；儿子会跑步了，他一路小跑跟在后面，不时地提醒儿子，注意别摔倒。看着儿子轻快矫健的背影，他露出了开心的微笑；儿子上学了，每天送儿子到学校门口，目送儿子背着书包走进校园了，他才放心地离开；儿子高考的时候，他答应儿子，不送他，以免给他造成精神压力。儿子一走出家门，他和妻子就走到窗前，看着儿子走出居民楼，向小区外走去，直到他的背影，完全看不见了。

他知道，随着儿子一天天长大，留给他和妻子的，将是更多的背影。

他忽然意识到，作为人子，他却很少关注自己父母的背影。年少时上课读朱自清的《背影》，他怎么也体会不到朱自清先生的那份情感，甚至觉得作者太煽情了。等到自己长大成年了，目送的，也大多是自己孩子的背影。很少有父亲，或者母亲的背影。他总是走在前面，他像自己的儿子一样，把背影留给了父母双亲。

车开到小区外。他打开车门，搀扶母亲下车。他和母亲一起，向自己的家走去。路上，他故意放慢脚步，走在了母亲的后面。母亲七十多岁了，腰板还不错，但是，步履已经有点蹒跚，迈着碎步。母亲真的老了。

母亲突然回头。他揉揉眼睛，加快了脚步，和母亲并肩，缓缓地向家走去。

有时候，人生需要回一回头。回头，你就会看见，默默地注视着你背影的那个人。那个人，一定是这个世界上深爱着你的人。

母爱的反面

在我们固有的观念里，母爱都是无私的、伟大的。确实如此，如果说，这个世界上有什么感情是牢不可破的话，那么，一定是母亲对于子女的爱。没有什么感情，能够超越母爱。

可是，母爱也有其相反的一面。在俄罗斯女摄影师 Anna Radchenko 的镜头下，"母爱的反面"，以其令人惊愕的面目，呈现在我们面前。其中的几张照片，给我的印象，特别深刻。

一张照片，是一位肥胖的母亲，坐在椅子上，一只手上拿着一只汉堡，微笑地扭头看着站在她身边的女孩。她穿着睡衣和拖鞋，头发上还卷着几只固定发型的发夹，很悠闲很自在的样子。瘦瘦的女孩，则一身白色的芭蕾舞裙，双脚并拢，双手下垂，笔直地站在她的身边，眼神忧郁。

这位肥胖的母亲，一定怀揣过一个美丽动人的舞蹈梦，可惜，这个梦想，她再也无力实现了。她把所有的希望，都寄托在了身边这个女孩，她的女儿身上。

我见过太多类似的场景，在少年宫，在琴房外，在星期天，在夜晚，在各种各样的舞蹈班、音乐班、美术班、兴趣班、特长班的门口，母亲、父亲、爷爷、奶奶、外公、外婆们，等待着他们的孩子，他们的孩子不是在弹琴，就是在学画；不是在唱歌，就是在跳舞；不是在补英语，就是在补数学。

我相信每个人曾经都是有梦想的，当他们自己无法实现的时候，他们就会将这个梦想的火把，交给自己的孩子。他们认为，这就是爱。

另一张照片的场景是这样的，在一堵墙前，站着两个小男孩，在一起看着一本什么书。在他们的身后，是两个母亲，手里各拿着一只遥控器，对着孩子，在操控着或遥控着什么。

看到这个场景时，我哑然失笑。我不知道，这两位母亲，是在操纵孩子看的书呢，还是在操纵他们翻书的手指？她们是想遥控住孩子的选择，还是希望遥控住孩子的思想？从小到大，孩子听到最多的，是母亲的或者父亲的反复叮咛，这个不能做，那个不可以；这个不放心，那个不安全。父母就像影子，紧紧地跟随孩子，盯着孩子，左右着孩子，以爱的名义，控制着孩子。

有一张照片，让我的心一下子揪了起来。一位一身黑衣的母亲，坐着，双手并拢，紧紧地将她的孩子抱在怀中。这本来是个很温馨的场面，可是，母亲的双手戴着的，是一双布满钢针的手套，像个刺猬一样，似乎随时做好出击的准备。母亲的脸板着，很严肃，被牢牢地揽在怀里的孩子，表情茫然，无奈。

是这位母亲，感觉到了有什么危险逼近？还是她受了太多的伤，开始对这个社会充满了恐惧？无从知道。所能感受到的是，她的本应柔软温暖的双手和她的心，都忽然戴上了尖刺。

很多母亲，为了保护好自己的孩子，而宁愿把自己变成了刺猬。

很多时候，爱就像刺一样，扎伤了别人，也会不小心扎伤了自己。

我相信，全天下的母亲（包括父亲），都是爱自己的子女的，我也相信，母亲（包括父亲）为子女所做的一切，也一定是出于对他们的爱，为他们好。但是，不是所有的爱，都是能够接受的，也不是所有的爱，是都可以承受的。当母爱走向极端，也就走向了它自己的对立面。母爱过了头，有时候，反而让人窒息。

最大的误解是，母爱的反面就是不爱。不，母爱的反面，也仍然是爱，至少是以爱的名义。可怕的也正在于这一点。所有的希冀、寄托、溺爱、束缚、控制和操纵，都有了最好的借口和名义，让人无法摆脱。

我不想指责任何一位母亲，以及她们发自肺腑的真爱，事实上，母爱是我们这辈子所能获得的，最温暖的爱，只是，亲爱的妈妈，别让爱束缚了你的孩子，永远。

父亲都是艺术家

作文本收上来了，他在昏暗的灯光下，一本本批改。

这次的作文是写写自己的父亲。他觉得，这些来自农村，跟随打工的父母进城的孩子，事实上对于自己的父母了解并不多，而尤其让他担忧的是，有的孩子对自己农民工身份的父母，有一种自卑和轻视，认为自己的父母，与那些城里孩子的父母比起来，身份低微，素质不高。他希望通过这篇作文，让孩子们对自己的父亲，有更多一点了解和理解，从而加深亲子关系。

一篇篇看下来，基本上都是写自己打工的父亲，怎么辛苦，如何劳累，多么卑微。这也难怪，民工子弟学校的孩子，父亲不是工地上的泥水匠，就是车间里的操作工；不是烈日下扫马路的，就是码头上挥汗如雨的搬运工；不是在小区收购垃圾的，就是气喘吁吁的送水工。

又打开一本。作文的标题让他眼前一亮，《我的艺术家爸爸》。

艺术家？这怎么可能！在这所条件极其简陋的民工子弟学校，别说没有艺术家的子女，就连一个普通的城里孩子也不曾有过。本能的感觉是，这个孩子是虚荣心作怪，编故事。

好奇地读下去。孩子写道，我的父亲有一个很大很大的工作室，这里堆满了大小、粗细、厚薄不一的木头和木板，空气里弥漫着木头的香味，地上到处都是卷曲的刨花，而刨花下面，是泥土一样细碎的木屑，刨花就是这些木屑土上开出的花朵……

难道孩子的父亲，真的是一个民间雕刻家？忍不住好奇，继续读下去。接下来，孩子笔锋一转：没错，我的爸爸是一个木匠，但在我的眼里，他就是一个艺术家。

看到这里，他忍不住"扑哧"一声笑了，果然只是一个普通的木匠。

再读下去，他的笑容凝固了。孩子写道，爸爸是建筑工地上的一名普通木工，那些大楼里的很多木活，都是爸爸做的，他靠自己勤劳的汗水，养活了我们一家。爸爸虽然只是一个木匠，但他心灵手巧，木头在他的手下，仿佛都有了生命。刚搬到出租屋时，我们家一无所有，很多东西都是爸爸亲手做出来的，比如我做作业的桌子，就是爸爸用工地上废弃的边角料做的，其中的一条腿，竟然是用四截短木棍连接起来的，每个榫眼，都严丝合缝，咬合在一起，整张桌子，甚至都没用一根铁钉。

孩子骄傲地写道，爸爸经常会带一两个小玩具回来，给我和妹妹，那都是他利用中午的休息时间，用碎木块做出来的。我 12 岁生日的时候，他给我做了一只木刻小公鸡，那是我的属相，至今挂在我的床头。有一次房东看见了，爱不释手，以为是从哪个精品店买的，他也属鸡。爸爸就也给他做了一个，还按照他们家每个人的属相，各做了一个木刻，现在都挂在房东家客厅的墙上。爸爸给我做过手枪，做过棋盘，做过文具盒，还帮我们学校修过桌椅呢。

最后，孩子写道，爸爸是建筑工地的木工，我没有看过他在工地上做的东西，但我想，那些住进大楼里的人，一定像我一样，使用过并喜欢上他做的东西。爸爸小时候穷，没读过几天书，不然的话，他一定会成为一个艺术家。不，在我的眼里，他现在就是一个艺术家，能让每一根木头说话，让每一片刨花唱歌的艺术家。

他的眼睛湿润了。他觉得自己差一点误解了孩子。不知道为什么，他的眼前，突然浮现出自己父亲的影子。在他的眼里，自己的老父亲只是一个老实巴交的农民，一辈子没有离开过土地，一辈子没有离开过穷困的村庄。播种，锄草，捉虫，收获，日复一日，年复一年。他忽然想，在那么贫瘠的土地上，老父亲养育了自己，这是多么厚重的一件事啊。

他想好了，就以孩子的这篇作文做范文，他要念给其他的孩子们听，并大声地告诉他们：你们的父亲，是环卫工，是垃圾王，是泥水匠，但也是艺术家，因为他们创造了生活，养育了我们。而这，是多么了不起的一件事情！

妈妈，我一个人能行的

妈妈看了儿子一眼，不放心地问："儿子，真的不要请一个阿姨来照顾你吗？"儿子咧开嘴，挤出一丝笑容，"不需要，真的不需要。妈妈，你放心地去忙吧，我只是脚崴伤了而已，又不是什么大毛病，我一个人行的，再说，医生和护士阿姨会照顾我的。"

妈妈将儿子的床单理好，病床太小了，床单老是往下滑。又看了一眼儿子腿上绑着的绷带。上体育课时，儿子不小心崴了脚，所幸没有伤着骨头。下午接到老师电话时，正忙得焦头烂额的妈妈，赶紧放下手头的活，赶到了医院。医生说，物理治疗几天，再拍个片子，如果没有大碍的话，就可以回家调养了。医生还说，孩子正在成长期，物理治疗愈后比较好，不会留下后遗症，就是孩子会疼一点，得忍耐忍耐。让妈妈自豪的是，在她面前，儿子没有因为疼痛而哭泣，甚至连哼哼都没有，儿子真是太懂事了。

没错，这个孩子，让她太省心了。丈夫常年在外地工作，平时都是她一个人照顾孩子。而她的生意又特别好，因而就特别忙碌，应酬也很多。为了照顾儿子，她想请一个全职保姆，这样，孩子放学回家，就有热饭热菜吃了，她也可以安心地做自己的生意了。以她现在的经济条件，这完全没有任何问题。可是，儿子却坚决不答应。儿子说了，他可以照顾好自己。他说到做到，五岁时，他就能自己泡方便面了；七岁时，就能自己下面条了；八岁时，他就学会烧饭做菜了。有一次，爸爸出差路过，顺便回家，那顿饭还是儿子烧的，而她本来是想一家人去饭店吃一顿的，她实在没时间回家去做饭。现在的孩子，大多娇生惯养，和她条件差不多人家的孩子，别说烧饭了，连喝的水，都是父母端到面前的。有时候，她自己都不敢相信，儿子怎么会这么懂事，这么听话，这么能干？

因为家中没有保姆，儿子一个人在家，她多少还是有些不放心，因此在外面应酬的时候，陪客户一吃好晚饭，她就会尽快赶回家。她知道，回家太迟了，儿子就已经做好作业，睡着了，而第二天一早，儿子就会自己起床，弄好早饭，赶去上学了。那样的话，她一天就连儿子一眼也见不着。儿子越懂事，她就越觉得自己这个做妈的，太不称职了。她会尽可能早一点回家，陪陪儿子。

告别儿子，离开医院，她赶紧驱车奔回客户单位，合作项目才谈到一半呢。晚饭本来准备买好饭菜，到医院和儿子一起吃的，无奈另一个大客户坚持要求一起吃个饭，再将合同细化一下，她只好遵命。吃过晚饭，大客户又提出去唱唱歌，庆祝庆祝，她只好实话实说，儿子脚崴伤了，还在医院住着呢，这才得以脱身。

等她赶到医院，已经快晚上十点了。病床的灯，已经熄了。听到她的脚步声，儿子睁开了眼睛。她心疼地问儿子，晚饭有没有吃？儿子点点头，指指隔壁病床说，他家阿姨帮我打的饭菜，很好吃。她轻轻地抚摩儿子的腿，脚还痛吗？痛得太厉害的话，你就哼哼，会好过一些的。儿子摇摇头，不痛，一点也不痛，你放心吧。

陪儿子聊了一会，儿子让她回家去休息。她坚决地摇摇头，不行，今晚妈妈必须在医院陪你，等一会妈妈去租个躺椅。儿子突然一把抓住她的手，妈妈你真好。她的心一揪，儿子，你为什么这么懂事啊，你受伤了，妈妈陪伴你，不是天经地义的事吗？

儿子睡了。她蹑手蹑脚走到走廊上。邻床的女陪护，也在走廊上坐着。两个女人聊了起来。

女陪护告诉她，你儿子真懂事。

她幸福地点点头，谢谢你晚上帮她打了饭菜。

女陪护问她，你平时很忙吧？她点点头，没办法，生意难做啊，不得不四处打拼，孩子爸爸和家人又都不在身边。女陪护又问她，那怎么不给孩子请一个陪护，孩子一个人，多孤单啊？"她笑着摇摇头，是儿子坚决不肯请陪护啊。"

女陪护扭头看看她，傍晚的时候，你儿子的老师和几个同学来看望他了。她欣慰地点点头。女陪护接着说，我听到老师问你儿子，妈妈怎么没陪着你？你儿子回答，妈妈事情很多，不过，妈妈一忙好，就会来照顾我的。老师又问你儿子，那妈妈怎么没给你请一个陪护？

她着急地问，那我儿子怎么回答的？女陪护看了一眼关着门的病房，轻声对她说，你儿子停顿了好一会，才回答老师，他说，如果请了陪护，妈妈就会只顾着自己忙，她就不会到医院来陪伴我了。

她的眼泪，夺眶而出。她没有想到，儿子之所以不肯请陪护，原来是这个原因。她猛然意识到，平时儿子坚决不让她请保姆，肯定也是出于这个原因。他宁愿自己照顾自己，就是为了让妈妈能够在忙完之后，因为不放心，而早一点回家，陪伴一下自己。

她揉了揉眼睛。她想好了，明天关掉手机，放下一切，安心地在医院陪伴儿子。

爱的足迹

　　没事的时候，周老伯喜欢一个人在家里看看照片。他家客厅的三面墙上，全部挂满了照片。这些照片，是儿子带他出去旅游时拍的。每一张照片，都能勾起他的一段美好回忆。

　　周老伯已经 93 岁了，在村里，他是唯一出过国的老人，他的足迹，哦，不，准确地说，他和儿子一起的足迹，差不多踏遍了大半个中国。

　　像大多数农村老人一样，周老伯一直没怎么出过远门。年轻时，外出打工，讨生活，做泥水工，去过最远的地方，也就是百公里外邻省的一个县城。此外，他的大半辈子，就是围着那几亩田转。

　　有一年春天，最小的儿子忽然问他，想不想到北京去看看天安门？怎么不想？在孙子的课本上看到过，好气派，好向往。可是，恐怕也只能想想了，这辈子怕是去不了了。那一年，周老伯已经 77 岁，如果不是儿子问起，说实话，以他这个年龄，去北京，看天安门，这个念头，他想都不敢想。

儿子真的带他，去了北京，看到了天安门，瞻仰了毛主席，爬上了长城。那是他第一次到这么远的地方，第一次坐飞机，第一次坐地铁，也是他第一次出去旅游，第一次拍了那么多风景旅游照。

回来后，他把儿子拍的照片，都挂在了墙上的相框里。整个相框都贴满了。乡邻们看着相框里的照片和风景，羡慕得不得了。这张照片是哪里，那张照片是怎么拍的，周老伯乐此不疲地一遍遍向客人介绍着，那是很多乡邻一辈子也去不了的地方。

从那年开始，儿子每年都会带周老伯出去旅游一趟，16年了，从未中断。这是最近几年父子俩的足迹：2010年，走出国门去了新马泰；2011年，到了宝岛台湾；2012年，来到了山水甲天下的桂林；今年，父子俩又去了周老伯神往已久的古城西安。和以往一样，每到一个地方，儿子都会给他拍照片留念，也会请其他游客，帮他们父子俩合影。他们的足迹，已经挂满了客厅的三面墙。

进入老年之后，还能去这么远的地方，看这么多风景，周老伯很开心。这全是因为他有一个孝顺的儿子。

周老伯虽然身体还硬朗，但终归年龄大了。九十多岁，别说旅游，很多人门都不敢出了。坚持带老父亲出去旅游，这是要付出很多艰辛，冒着很大风险的。这些年，为了让周老伯安全、舒适地旅游，儿子想了很多办法。周老伯年纪大了，胃口不好，旅行团队餐吃不了，每次出去旅游前，儿子都会准备好米、土鸡蛋和老爷子喜欢吃的榨菜，甚至连电饭锅都带上，在旅途中给老父亲开开小灶；每到一个地方，儿子做的第一件事情，就是先问好附近的医院，以防老爷子身体有什么不舒服，可以随时就医；为了路途之上老爷子轻松些，儿子还自己动手，特制了一辆折叠的轮椅车，平时老爷子坐坐，歇歇脚，收叠起来，就是一个拉杆箱。

旅行是快乐的，也是短暂的，但快乐是可以延续的。每次旅行回来之后，周老伯最开心的一件事情，就是将照片挂上墙，然后，没事的时候，每天看几眼，那是儿子陪他去过的又一个地方呢，他的眼神中是无限的满足。

　　我也经常看到这样的一幕：昏暗的灯光下，一位白发苍苍的老人，戴着老花眼镜，在翻看影集。照片已经乏黄了，是老人年轻的时候，带自己的孩子游玩时拍的。照片中的孩子，是多么快乐，照片中的年轻父母，是多么满足。那也是足迹，那是父母陪孩子成长的足迹。但是，一眨眼，孩子长大成人了，离开了父母的身边，足迹似乎就此断缺了。

　　当我们是孩子的时候，父母陪我们一起成长，留下了一行行清晰的足迹；当父母年老的时候，我们能不能也陪陪父母，带他们出去走走，再一次留下我们共同的足迹呢？

父亲的白发

虽然老家距省城只有不到两小时的车程，小唐还是很少回家。她太忙了。

那次，难得有了两天的空闲，她决定开车回家去看望父母。

电话里说好要赶到家吃晚饭的，小唐提早下了班，开车往老家赶。一路上很顺畅，下午四点多钟，她就驾着车，回到了家乡的小镇。家里小院的门敞开着，小唐直接将车开进了院子。

听到车声，妈妈惊喜地迎了出来，一边对屋里高声喊道，"老头子，你宝贝丫头回来了。"

屋里传来父亲有点苍老的回应声。

小唐和母亲一起，走进家门，却没有见到父亲的身影。母亲对她说，你爸正在房间里染头发呢，怕是不好意思见到你。

染头发？小唐一脸诧异。在他的印象中，父亲一直是一头乌发，黑得发亮。记得有一次回家，她还和父亲开玩笑说，你这都一把年纪了，却没一根白发，而我才三十来岁，就已经有不少白头发了，真是奇怪得很。父亲讪笑笑，什么也没说。站在一旁的母亲，责怪地看了小唐一眼。

父母快四十岁时，才终于有了小唐，小唐是他们唯一的孩子。大学毕业后，小唐在省城找了份不错的工作。小唐一直是父母的骄傲。父亲已经快七十岁了吧，身子骨和精气神，都还不错。父母看起来都很健康，这让小唐放心。

过了一会儿，父亲终于走出了房间。刚洗过的头发，又湿又亮，显得更黑。

小唐看看父亲的头发，笑着打趣说，老爸，你真染头发啊？我还以为你的头发一直是自然黑呢。

没等父亲开口，母亲插话说，你爸的头发早白了。本来以为你晚上才能到家，他就下午自己染了发。没想到，你提前回来了，让你碰着了。其实，每次得知你要回来，你爸都是提前将头发染黑的，他不想让你知道他染发。

小唐不解地看着父亲，这有什么好隐瞒的？顿了顿，小唐对父亲说，爸，你都快七十岁了，你这个年纪，有点白头发很正常啊。再说了，经常染头发，对身体非常不好的。

母亲打断了小唐，瞧你这孩子，自己爸爸多大岁数都不知道，你爸今年已经72岁了。

小唐羞愧地看着父亲，爸，你真有72了啊？我一直以为你还不到七十呢。

小唐要帮父亲吹干头发，父亲坚决地摇摇头。风会吹干的。父亲喃喃地说。

吃晚饭的时候，小唐又一次将话题扯到了父亲的头发上，她实在不明白，父亲这么大岁数了，为什么还要染发。

父亲什么也不肯说。

母亲熬不住了，虽然父亲一再用眼神示意她不要说，母亲还是机关炮一样，说出了他的秘密：丫头，你今年都33岁了，还没成个家，你爸是怕你什么时候，突然带个小伙子回来，看到他苍老的模样，吓到了人家，让你难堪。你爸还有点小心思，既然你还没有成家，他就不能老去，也不想老去。

没想到又扯到了这个敏感话题，这是小唐最不愿面对的。这些年，她难得回家，除了工作确实有点忙之外，因为个人问题没有解决，而父母又老是催促，也是很重要的原因。自从那次感情受过重挫之后，她对感情有点心灰意懒，甚至动了一辈子不嫁人不结婚的念头，只是她不愿也不敢对父母说。

她本来还想跟父亲打趣，难道一辈子不拘小节的父亲，忽然老来俏了？话到嘴边，咽了回去。

一家人，闷头吃饭。

在家住了一天后，小唐就借口单位有事，回省城了。她害怕父母，会再提她的个人问题。父母一直很开明，唯有在这个问题上，在小唐看来，他们是不折不扣的死脑筋。

半年后，小唐因为公差，顺路回家。事前她没和父母打招呼，她想给他们一个惊喜。

门打开了，是父亲。真的是父亲？一个白发苍苍的老人！

小唐愣怔了半天，心隐隐地疼。她没有想到，父亲的头发，会如此苍白，像雪花一样。

她一把抱住了父亲。

从此以后，父亲就再也没有染过头发。

小唐跟父亲撒娇说，爸，其实你的白发，也很有风度嘛。她同时在心里告诉自己，尽快找到自己的另一半。父母真的老了，早该含饴弄孙，安享晚年了。她不想让他们，再为自己担心。

不插管

三叔被推进了重症监护室。

这是县里唯一的一家二甲医院，也是唯一一家有 ICU 的医院，它也是全县很多人生命中的最后一站。就是在这里，我的爷爷、大伯、父亲，还有很多远亲和近邻，走完了他们人生的最后一程。当又一位亲人被推进去的时候，可想而知，我们的心情有多沉重。

三叔也亲眼目睹了我的这些亲人，被送进 ICU 后，身上插满了管子时的悲怆情景，他叹着气对堂兄弟们说，记住了，当我老了，病倒了的时候，你们千万别把我送到这儿。三婶哀怨地看着他，当着孩子的面，你瞎说什么呢？

三叔得的是胃癌，晚期，又兼之有气管炎的老毛病，他的痛苦远甚于一般的病人。医生曾断言，他最多熬三个月，可是，坚强的三叔，已经活了一年多。

医生匆匆走了出来，对我们说，病人已经失去意识，喉部有浓痰淤积，呼吸困难，必须立即施行切喉和插管手术。我们都呆了。

就在几天前，三叔还很清醒的时候，他将三婶和堂兄弟们叫到身边，安排身后事。自知扩散的癌细胞不会放过他，气管炎的老毛病，也会乘机加倍地报复他，他再三叮嘱，一旦病情恶化，不要再抢救，尤其不要给他全身插满管子。一家人哭成一团，答应了他。

可是，真的事到临头，大家又犹豫了，激烈争执，到底要不要插管？

不插管，意味着放弃，三叔的生命很快就会走到尽头。而插管呢？医生说了，病人的癌细胞已经全身扩散，插管不是治疗，只是生命辅助系统，帮助病人熬一阵子，也许能熬过这一关，也许在劫难逃。我们听出来了，对三叔这样的病人来说，插管基本上就是苟延残喘。

到底怎么办？有人说，必须插，哪怕只有万分之一的希望，甚至哪怕已经没有丝毫的希望，也要插，否则，既对不起三叔，也对亲朋乡邻难以交代。也有人强烈反对，认为这违背了三叔的意志，再说了，那只会徒增他的痛苦。

医生中，有一位是我的同学，我们征询他的意见。迟疑了片刻，他谈了自己的观点，从医生的职责来讲，我当然支持插管；但是，作为老同学，根据老人现在的病情来看，已经失去了插管的意义。昂贵的医疗费还是小事，最主要的，是病人为此得承受巨大的痛苦，而这一切，其实并不能挽救他。

他还跟我们讲了自己的故事。他的父亲当年也是癌症晚期，病危之后，也被送进了 ICU。最后时刻，抢救医生征求他的意见，要不要插管？犹豫再三，他否决了，他不想让父亲再遭罪。他平静地说，那时候，父亲已经丧失了意识，他平静地走完了最后一刻。为了这事，他被乡邻们骂了很多年，说他是白眼狼，不孝子，还是个医生呢，连自己的父亲都不肯抢救。

我们问他，后悔当初的决定吗？他摇摇头，我认为自己做的对，让父亲减少了很多不必要的痛苦，有尊严地走完了生命的最后一程。

堂兄弟们最后决定，遵从三叔的意愿，不插管。

当晚，三叔安静地离去。

生命终有终点。有一天，我们都会老去，也都可能一病不起。我不知道自己的终点会在哪里，也不知道会以怎样的方式告别这个世界，但我希望，当我的生命已经无药可救的时候，别为我浑身插满管子，请让我安静地、体面地、有尊严地离去。

这是一个人最后的选择，请予尊重。

等一等父母

    家里新装了数字电视，这样，可以选择收看的频道和节目，新增了很多。这是为老母亲特地安装的。我们平时忙，难得看电视，而老母亲白天一个人守在家里，很空闲，也很寂寞，原来的电视能收的台不多，难以找到老母亲喜欢看的戏曲和古装影视剧。这下好了，除了电视频道外，还可以点播，挑自己喜欢看的节目。

    遥控器也换了。原来的电视机遥控器比较简单，摁开机键，上下换台就可以了。新的遥控器，多出了很多功能，上面的小按扭，有二三十个，每一个按扭，都有各自的功能。我拿着遥控器，指给母亲看，这个是开机的，这个是调音量的，这个是换台的，这个是暂停键，这个是搜索键，这个是返回键，这个是快进键，……老母亲看着我手里的遥控器，嘟囔着，这么复杂啊，我记不住。母亲识字不多，按扭上花花绿绿的符号，更是犹如天书。

    看着母亲一脸茫然的样子，我只好一次次操作，示范给她看，先摁这个键，开机；再摁这个键，选择栏目；然后摁这个键进入，上下移动，挑选你想看的栏目；最后摁这个键，确定一下，就可以收看了。母亲小心翼翼地接过遥控器，盯着上面的按扭看了半天，犹疑着不知道摁哪个键。

我只好再一遍遍示范。

母亲接过遥控器，摁了开机键，电视机打开了。我笑着说，其实也不难的。母亲又摁了一个键，进入主节目单。我指着电视机屏幕说，上面有戏曲专栏，你可以进入那里，选你喜欢的节目看。母亲有点颤抖地，又摁了一个键。电视机屏幕却突然变成了雪花点。母亲吓了一大跳，以为把电视机弄坏了，窘迫地看看电视机，又看看我。她是摁了退出键。

教了母亲一个多小时，她都没学会怎么使用遥控器。我有点不耐烦了。

这时候，儿子做完了作业，正好从房间里走出来。看到我有点难看的脸色，儿子不满地说，奶奶年纪大了，当然一下子学不会这么复杂的东西，我觉得你应该对奶奶耐心点。说完，拉着奶奶在沙发上坐下，奶奶别急，我来慢慢教你。

祖孙俩头挨着头，坐在一起。儿子将按扭，一个个指给奶奶看。儿子很耐心，很温柔。

母亲真的老了。小时候，觉得母亲特别能干，几乎无所不能，从哪一天开始，母亲忽然变得迟缓了，迟钝了，衰老了呢？

她的记忆力，大不如前。说话的时候，说着说着，她会突然停下来，皱着眉头，极力去回忆，她忘记了自己真正要说的话。下班回到家，她经常会兴奋地告诉我，今天谁又来电话了，说了个事情。我等着她告诉我是什么事情，她却不说话了，嘟囔着，哎呀，刚刚还记得清清楚楚的事情，怎么转身就忘了呢？我知道不会是什么大事情，否则人家会直接打我手机的。往往过了好大一会儿，母亲又突然激动地喊我，快来，我想起来是什么事了。

这些年，母亲的腿脚，不像以前那么利索了，走路不如以前那么快了，动作变得越来越缓慢了，让人无奈、着急，有时候甚至因此免流露出不耐烦情绪。这时候，母亲就像个犯了错的小孩一样，尴尬，难为情，不知所措。

有一次，我去一个朋友家。他们一家人，正在吃晚饭。朋友的老父亲，坐在桌边，端着个小碗，一小口，一小口，慢腾腾地吃着，干瘪的嘴巴，慢慢地咀嚼着。朋友和妻儿，也都围坐在桌上，慢慢地吃着饭。一直等到朋友的老父亲喝好了汤，放下了碗筷，朋友和妻儿，这才也放下碗筷。朋友歉意地对我解释说，劳你久等了。老父亲年纪大了，牙齿没几颗了，肠胃也不大好，吃东西要细嚼慢咽，我们吃慢一点，是为了陪着他，不让他着急。

我有点羞愧。说实话，与朋友比起来，我对自己的老母亲，实在不够耐心，不够细心。

父母老了，走路的时候，等一等他慢腾腾的脚步；吃饭的时候，等一等他无力的咀嚼；说话的时候，等一等他迟缓的记忆……就像在我们懵懂无知的小时候，他总是耐心地、不倦地、手把手地引导着我们。这就是爱。

幸福家庭的姿态

　　偶尔在网上看到一组全家福照片，与我们看惯了的全家人端端正正地坐在一起，或拘谨地站成一排几排不同的是，这组照片中，好几张甚至连人脸都没有在画面中出现。他们是谁？长得什么样？完全看不到，但每一张照片，又都让人莞尔，一个个幸福的家庭，一张张幸福的脸盘，跃然纸上。

　　印象最深刻的，是这样一张照片，整个画面中，只有三只叠加在一起的手。最粗壮的那只大手，显然是爸爸的；中间细腻的手，则是妈妈的；而最前面那只胖嘟嘟的小手，不用说，是这个家庭可爱的宝宝的。爸爸妈妈的无名指上，都戴着婚戒，两只大手，呵护着掌心里的小手。背景是橘黄色的暖光，让人心生暖意，你可以由此想象出很多日常生活中温馨的画面。我们用手创造生活，也用手相互抚慰，相互支撑，相互依恋。

　　另一张照片，是一家四口，站在台阶上，没有面部，没有表情，只有身体。最显眼的，是四个人穿在脚上的鞋。站在最前面的爸爸，和站在后面的两个男孩，脚上穿着的，都是长筒雨靴，而妈妈，则穿着单皮鞋和黑色的丝袜，手里拎着黑色的坤包。我在想，是爸爸带着他的两个儿子，刚刚从池塘边捕鱼归来，还是他们才浇灌了屋后的花园？是妈妈刚刚从商场为他们买回了生活用品，还是听到他们的声音，微笑地走出屋，迎接她的三位勇士？他们的生计也许有点艰辛，但这丝毫也未能改变他们对于生活的信心。

有一张照片，特别震撼，是一家三口，手拉着手的背影，他们的面前，是黑色的天穹，以及闪烁的星团。他们在暗夜中，仰望流星雨。天际如此之大，壮阔无际，人显得如此渺小。可是，在浩瀚的宇宙之中，正是因为有了你，有了我，有了他，有了一个个虽然微小，却恩爱相持的家庭，世界才如此绚烂，如此精彩。我们手拉着手，我们肩并着肩，我们互相依偎，彼此温暖，人生才不会孤单，远离寒冷。一个家庭，就是天穹中的一颗闪耀的星星，而千万个星星，就是世界，就是宇宙。

艺术感最强的，是一家五口的面部侧影，爸爸、妈妈、三个孩子，侧着脸，排成一条纵线，眺望着同一个方向，同一个高度。有意思的是，他们的脸型如此相似，几乎是一个模子倒出来的。他们的表情，一样轻松，一样微笑，一样淡定，也一样有趣。他们眺望哪里？他们看到了什么？我无法知道。但可以肯定的是，他们看到了一样的景色，一样的生活，一样的未来。

没有一张全家福，是正襟危坐的；也没有一张全家福，表情是僵硬地挤出来的；甚至有好几张照片，是压根没有脸部的。它们，有点抽象，有点夸张，有点搞笑，甚至有点无厘头，一点也不标准，但是，它确实是一张全家福，是一个家庭的合影，是一个家庭生活的某个侧面，某个瞬间，某个细节的定格，是最真实的记录。虽然甚至都看不见他们的脸，但我读出了他们的幸福和快乐，那是一个家庭，每个成员的幸福和快乐。

如果你的心是愉悦的、满足的、温暖的、幸福的，那么，你的手、你的脚、你的眉毛、你的头发、你的眼神、你身上的每一寸皮肤，甚至你的水中的倒影和暗夜中的背影，就一定也是愉悦的、满足的、温暖的、幸福的。这就是幸福家庭的姿态。

安 慰

　　有人失去了一大笔钱，十分难过，亲朋好友相继来安慰他。

　　一个人拍拍他的肩膀，别难过了，兄弟，权当是赌博输掉了。这个人举例说，某某嗜赌如命，不但将家里的现金存款都输光了，还把房子也抵押输掉了。与他比起来，你是不是还算不错的？

　　他点点头。以前他也喜欢小来来（指稍微玩玩的小把戏），幸亏早就金盆洗手，不然，保不准哪一天，也输得家破人亡。这样一想，心里好受了一些，但还是心有不甘。

　　另一个人递给他一支烟，点着，吐了一个很大的烟圈，慢悠悠地说，钱乃身外之物，权当是被小偷偷掉了。有个人去医院看病，挂号的时候，一不小心，钱被小偷偷光了。这个人叹了一口气，那可都是救命钱啊，钱被偷了，意味着手术做不成了，手术做不成，连命都恐怕保不住了。你想想，那个人多不幸啊。

　　他也跟着重重地叹了口气，是啊，现在的小偷太猖獗了，真要遇到了小偷，甚或遇到了强盗，怕是要人财两空呢。而自己只是失去了一笔钱而已。他想，不管怎么说，自己还不是最倒霉的。

一个女人安慰他，虽然钱没了，但你的身体还是好好的，你看看，你多健壮啊，权当是生了一场大病。女人说，我有一个同事，老公开了一家工厂，家产数以千万计，风光无限。可是，前不久查出来得了癌症，晚期，没治了，一家人哭得死去活来。命都保不住了，要再多的钱有什么用？

他想，如果真生了一场大病，不但要花费更多的钱，就算救治过来了，没有生命之虞，但打针吃药，还是要大伤元气的。谢天谢地，自己和家人都身体健康，没什么大病大灾。与那些在生命线上苦苦挣扎的人比起来，自己真的是幸运多了。

一个亲戚压低嗓门对他说，你小子够幸运，够幸福的了。你看看，你妻子多贤惠啊，把家操持得井井有条，让人羡慕，如果你讨了个不会过日子的女人，挣多少钱她都给你败了，到头来，你还不是一无所有？还惹得天天不开心。

另一个亲戚接着说，没错，你妻子贤惠，儿子也懂事，你该知足了。跟你说说我们领导吧，住的是别墅，要什么有什么，可是，儿子不争气，不但学习不好，还经常在外面惹是生非，不是被老师喊去训话，就是到派出所领人，一家人为了这个儿子，烦够了神，操够了心，日子过得糟透了。

他的身边，也有很多这样的人，有钱，有权，有地位，就是家庭生活不幸福，不是夫妻不和，就是子女不孝，与之比起来，自己的小家庭，温温馨馨，和和美美，自己真的很知足，很幸福。

这时候，他的妻子带着儿子走过来，问他，如果这些钱没有失去，你准备拿来做什么？

他想了想，可以买一所更大的房子，或者将儿子送到国外去上学。妻子说，房子大了，会舒适一点，但未必是温暖的家，我们现在一家人在一起，房子虽然小了点，但是，我们相亲相爱，互相温暖，互相依靠，有什么不好呢？儿子也附和说，我现在的学校很好啊，同学非常友好，老师非常和善，而且能够天天回家，和你们在一起，我很满足很开心。

他释然了。他一身轻松地站起来对他们说，钱没了，但我拥有你们的友谊，拥有健康的身体，更关键的是，我拥有一个温暖的家。有了这些，一切都可以重来。说完，他和他们紧紧地拥抱在一起。

是的，没有什么苦难让我们看不到头，没有什么人生的坎是跨不过去的。只要仔细地寻找，你就会发现，我们所拥有的，永远会比我们失去的更多。

将父母接到城里过年

　　父亲给小李打来电话，告诉他，到杭州的火车票买好了，没想到，票很好买，而且有座位，腊月二十七日晚就能到，让他放心。

　　放下电话，小李笑了，长吁了一口气。

　　小李在杭州萧山的一家公司打工，已经七八年了。往年，每年春节，他都会回贵州老家，和父母团聚。回家是他一年中最开心的一件事情，却也是最头疼的事情，因为火车票太难买了。为了买到一张回家的火车票，每年这时候，他都要熬夜去排队，一排就是十几个小时，却还是经常买不到票。就算买到票了，拥挤不堪的漫长旅途，也是一件非常辛苦的事情。有一年，年前的车票没买着，小李只好买了一张大年三十的车票，那个年，他是在回乡的火车上度过的，直到年初二，才辗转赶回家。

　　小李发现，春节前，杭州开往贵州方向的火车特别挤，而贵州开往杭州方向的火车，却特别空。原因很简单，在东部地区打工的人，都要返乡过年，所以一票难求，而春节之后，外出打工的人又蜂拥而出，于是，从贵州等西部地区开往杭州等东部地区的火车，再次出现高峰。小李想，如果反过来坐车，那不就一点也不拥挤了？一个念头冒了出来，何不将老家的父母接到杭州来过年？一来车票好买多了，二来还可以陪父母逛逛西湖，父母这么大岁数了，还从来没有出过远门呢。

他立即给老家的父母打电话，说明了自己的意图。父母开始并不乐意，在老人看来，哪有春节不回家却出远门的呢？小李说服父母，春节是一家人团聚的日子，只要一家人能够团聚在一起，是在老家，还是在其他别的地方，又有什么关系呢？再说，他也打算好了，等在杭州过完了年，好好游玩几天，再一家人返回贵州老家，走走亲戚，看看乡亲。

在小李的说服下，老家的父母终于答应到杭州来，和儿子团聚。这让小李特别开心，也特别轻松。

小李在萧山租的农民房，只有一小间，父母来后，一家三口可能住不下，恰好和他同租的同事小王已经买好了回乡的车票，房子空着，同意借给小李使用。住的问题解决了。房东听说小李要将父母接过来过年，特意将厨房让出一半，留给小李一家使用，还借给了小李几件厨房用品。单位过年照例发了点水果和年货，以前小李都不知道怎么处理，只好送给本地的同事，今年，这些年货可以派上用场了。

为了陪父母过好这个年，小李还做了不少功课，比如怎么乘车去游览西湖和岳庙，他还准备陪着父母到附近的绍兴去看看，那里有老父亲特别喜欢的鲁迅的故居。小李很自信，这个春节，父母一定会很开心。

春节的脚步越来越近了，父母就快来了，小李想到这些，就特别激动。他跨上自行车，向小商品市场骑去，他要去买几张年画，将房间布置一下，这个租来的小房间，将是他们一家人今年在一起过年的地方，也就是他们的家呢。

父母的小愿望

　　母亲从老家来。在火车站接到母亲后，我们准备乘公交车回家，公交车很方便，可以直接坐到家门口。没想到，母亲却忽然轻声说，我在电视上看到，杭州的地铁已经开通了，我们能不能坐地铁回家？我摇摇头，地铁不能直接到，中途下车后，还是要转公交车才能回家，反而不方便。母亲怅然若失地噢了一声。我笑着对母亲说，再过若干年，我家门口也会通地铁的，市政规划已经公布了。母亲叹口气，不知道我能不能看到那天呢？

　　我的心颤抖了一下，嗔怪她不该这样说。但我猛然意识到，母亲已经七十多岁，是个真正的老人了。我琢磨母亲为什么突然提到地铁，也许是她老人家想坐坐地铁？我对母亲说，妈，我们坐地铁回家。母亲有点喜出望外，但还是懦懦地说，坐地铁还要转车，不方便，就算了吧。我说，虽然要转车，但地铁比公交车快。

　　火车站和地铁站是相连的，母亲紧紧地跟着我，向地铁站走去。

说实话，虽然杭州的地铁开通已经一年多了，但我还从来没有坐过。在地铁站，母亲欣喜地四处张望，不时发出惊叹，这么宽敞，这么漂亮，这真的是在地下吗？

地铁开动了，母亲坐在座位上，身子扭向后边，贴着车窗玻璃往外看。母亲忽然转过身，神秘地贴着我的耳朵，压低嗓门说，外面黑咕隆咚的，什么也看不见，真的是在地下呢，现在人真能干啊。母亲说话的语气，像孩子一样激动而腼腆。

我一直陪母亲坐到了终点站。本来我们应该中途下车，转公交车的，但我想让母亲多体会一下地铁。那天，我第一次发现母亲像个孩子。

一次和几个朋友闲聊时，我讲了陪母亲坐地铁的故事。朋友大刘跟我们也讲了一个关于地铁的故事。

那是他父亲从乡下来。本来讲好他去火车站去接的，临时有急事，走不开，他只好打电话让父亲下了火车后，自己坐地铁来，他家就在一个地铁站附近，很方便。

大刘在外办好了事，赶紧回家，奇怪的是父亲竟然还没到。打父亲手机，才知道，父亲下了火车后，走到地铁站口，犹豫了半天，又怯怯地退了出来。他从来没坐过地铁，不知道怎么买票，不知道怎么刷卡进站，不知道怎么上车，不知道往哪个方向坐车，想问人吧，又怕自己的土话别人听不懂，思来想去，终于没敢坐地铁。

大刘心酸地说，原以为坐地铁是件多么普通的一件事，没想到，对年迈的父亲来说，那却是一件非常艰难的事情。第二天，他就陪父亲坐了一次地铁，老父亲像个孩子一样，好奇地跟在他的身后，认真地看他是怎么买票的，又是怎么刷卡的。后来，老爷子还一个人偷偷去坐过几次地铁。

大家都感叹不已。我们的父母老了，在飞快发展的社会面前，

第二辑 情语：幸福家庭的姿态

141

他们有时候就像个老古董一样。很多东西，他们没有见过，没有吃过，没有玩过。他们也是有愿望的，只是他们的愿望，往往就像尘埃一样，微不足道。

一个朋友说，自己的父母从来没有走出过大山，连火车都没见过，他们最大的愿望，就是能坐一趟火车。

另一个朋友说，父亲已经去世了，母亲特别想看一看大海。他们原本约好等儿子工作稳定了，就来看看儿子，顺便去舟山看看大海。父亲却没等到那一天。母亲的年龄越来越大了，身体也大不如前，她还有机会看到大海吗？

一个女性朋友说，自己的爸爸妈妈一辈子都没有坐过飞机，她想好了，一定要带他们坐一次飞机。这个想法已经很久了，可惜因为这样那样的原因，一直未能成行。今年，朋友坚定地说，就在今年，一定要完成这个心愿。

她的话，引起了大家最大的共鸣，在座几个朋友的父母，竟然都没有坐过飞机。对我们来说，坐飞机已经是件很平常的事情了，但对我们父母这辈来说，却是一件非常了不起，几乎遥不可及的大事情。大家相约，凑个时间，把我们各自老家的父母都接到杭州来，然后，一起坐飞机，去一个他们一辈子也没去过的地方——这样的地方很多很多，他们有太多的地方没有去过。

陪父母去坐一趟地铁吧，陪父母去坐一次飞机吧，陪父母去坐一次游轮吧，陪父母出一趟远门吧，这也许正是他们心中的一个小小愿望，只是担心烦扰了我们，他们才将这个小小心愿一直隐藏在心底，而如果你不去陪伴他们，带他们实现，他们这辈子就可能永远也没机会坐一次飞机，永远也没出过一次远门，没看到一眼外面的世界。

对我们来说，这并不难，那就赶紧开始吧，还等什么呢？

证 据

她是一位母亲。她有一个漂亮、懂事、乖巧的女儿，令人羡慕。

日子很平静。直到有一天，她终于发现，女儿撒谎了！

她这辈子，最痛恨的一件事情，就是撒谎。这可能是前夫的背叛留下的阴影。从小，她就教育女儿，撒谎是最可耻的行为，也是绝对不能原谅的。你是决不会撒谎的，对吗？她经常这样问女儿，语气里充满了期待，也隐含着严厉的威胁。女儿总是低眉顺目地点点头。

让她欣慰的是，女儿从不撒谎。

但是，她的心里，总有一种隐隐的不安。她觉得，一个孩子，怎么可能不撒谎呢？有的孩子，考试没考好，怕父母生气，会撒谎成绩单还没下来；有的孩子，在外闯祸漏了，怕挨揍，也会撒谎。自己的女儿怎么会不撒谎呢？一定是女儿撒谎了，自己却没有发觉。她越想越不放心，越想越觉得女儿的言行有点鬼鬼祟祟。但她苦于没有证据。

她变了。像条猎犬，警惕地监视着女儿的一举一动。

功夫不负有心人，她终于找到了女儿撒谎的证据。

一个星期天，女儿跟她说去老师家补习，事实上是跟她爸爸一起去公园玩了。她在女儿的微信里，发现了她和爸爸在公园拍的照片。女儿一直以为她不会使用微信。以前她是不会，但是，为了能实时监控女儿，她不但学会了微信，还用新号码化名注册后，加了女儿好友。

她没有想到，女儿竟然会撒谎了，真的对她撒谎了，证据确凿！等女儿回到家，她怒气冲天地戳穿了女儿的谎言。她咆哮，怒骂，绝望，歇斯底里。

她认为，一切恶行都始于谎言，她不能眼睁睁地看着女儿堕落。从此，她就像个猎鹰一样，时刻警惕地女儿的一举一动，从一切可能的渠道，努力搜寻着女儿的撒谎证据。她警告女儿，千万别撒谎，千万别让我逮着你撒谎的证据！让她绝望的是，自从她用心搜罗女儿撒谎的证据之后，她就接连发现了女儿撒谎的蛛丝马迹。她觉得女儿简直撒谎成性，无可救药了。女儿则觉得自己像个家贼一样，总是被她警惕地注视。母女两人，就这样上演着猫捉老鼠的大戏。

她想不通，一个好好的孩子，怎么就突然学会了撒谎呢？

她也是一位母亲。她有一个患轻度自闭症的儿子。直到五岁多了，儿子没有喊过她一声妈妈。

在幼儿园，他从不和别的孩子一起玩，别人喊他的名字，他也爱理不理，好像与他无关似的。老师担心，他无法融入集体生活，那也就意味着，到了入学年龄之后，他可能找不到一所肯接纳他的学校。

她知道自己的儿子，有点与众不同，但是，她相信，儿子和其他孩子一样，正常，他只是需要更多一点时间。她坚信这一点。

虽然儿子很少和她对视，喊他的时候，他也是无动于衷，但她还是每天只要有一点点空闲，就蹲下身来，面对着他，轻轻地和他讲话，鼓励他。在他睡觉之前，一遍遍念故事给他听。别的孩子，会迫不及待地问故事的结尾，他从不会问。有时候，看着儿子一脸木然的样子，她的心都碎了。但她咬牙坚持着，她知道，如果连她都放弃的话，孩子的一生，就真的完了。她坚信，儿子有一天会醒来。她需要有证据来证明这一点。

她终于找到了！一天晚上，她像往常一样，念故事给儿子听。儿子则像平时一样，躺在床上，眼睛并不看她，而是茫然地盯着天花板。看着儿子木然的样子，她念着念着，忽然顿住了，陷入了沉思。半晌，儿子突然扭头看着她，喃喃地说，妈妈，讲、讲故事……

她欣喜若狂，简直不敢相信自己的耳朵，儿子，刚才你真的是喊妈妈吗？

儿子看着她，点点头。那一刻，她泪流满面。

没错，在她的坚持努力下，儿子终于会喊她妈妈了；别人喊他名字的时候，他会答应了；他学会注视别人的眼睛了；他慢慢地愿意和别的孩子一起玩了……别小看了这些小小的进步，它证明，她的儿子和别的孩子，是一样的，他只是脚步，稍稍迟缓一点而已。

很多时候，你想从孩子身上发现什么，你就会得到什么样的证据。孩子是一张白纸，你不是画笔，他自己才是作者，但是，你戴上了怎样的有色眼镜，就会看到怎样的画面。

给母亲买手机

音乐剧《母亲的呼唤》，深深地震撼了他！天底下最无私的大爱，就是母爱，只有母爱。他喃喃地自言自语。

他忽然想到了自己的母亲。

他觉得，应该为自己的老母亲做点什么。老母亲将他拉扯大，培养成人，多么不容易。必须要为母亲做点什么。他坚定地想。

母亲一个人住在乡下的老家。只要时间安排得过来，每年他都会回去一次看望母亲。母亲老了，真的老了，上次回去，母亲的耳朵都有点背了。再上次回去，母亲满头的白发，让他大吃一惊。今年有没有回去过？好像还没有。他无奈地摇摇头，都怪工作太忙，杂务太多，而时间又总是不够用。

手机忽然响了。

电话讲了半个多小时。挂掉电话，看着手里的手机，他忽然有了主意，对，就给母亲买一部手机吧。有了手机，就可以随时打电话给母亲了。

说做就做。他开车来到了位于市北的全市最大的通讯市场。路虽然远了点，开车开了半个多小时，但是，这里的手机品种最齐全，款式最多。

他一家店铺，一家店铺地转；一部手机，一部手机地比较。他要找一部功能最简单，使用起来最方便的手机。

功夫不负有心人，在花了两三个小时，转了二十多家手机店后，他终于在一个角落里，发现了一部老款的手机。这款手机，功能只有两个：打电话，发短信。其实，最好发短信这个功能也没有，因为老母亲根本就不识字。

他欣喜地买下了手机。卖手机的小姐，眼神有点异样地看着他。他才不在乎别人怎么看呢，一个小丫头片子，懂得什么？他可不是为了省几个钱，才买这种过时的手机。恰恰相反，只有他这么细心的儿子，才会为老母亲找到一部这样的老手机。他都有点为自己感动了。

回到家，已是下午。在将手机送回去给母亲前，他还有一件重要的事情要做。他知道，即使这么简单的手机，母亲也肯定不会使用，因此，他必须为母亲画一张详细的操作说明。手机里附带的说明书，母亲根本看不懂。

他找来了纸和笔，开始画起来。他一连在十几张纸上，画了十几部手机，然后，将怎样开机，如何拨号，怎么摁通话键，哪个是调音量的……，一个个步骤都详细分解，画了出来。整整花了两三个小时，他才将操作说明画成功。

看着自己画的一张张手工画，想象着母亲按图索骥，用手机打电话的样子，他的眼睛湿润了。

这时候，他的手机响了，是约他赶场子的。他总有赶不完的场子，即使星期天也不例外。

从酒店出来，已经是晚上十点多钟了。他没有回家，而是开车直奔乡下，他的兜里，揣着今天刚刚给母亲买的手机，还有自己亲手画的操作说明。他必须给母亲送去。

一路顺畅，一个多小时后，他就开车来到了村头。夜晚的乡村，安谧极了。大多数人家，都已经熄灯就寝。

走到家门口，他犹豫了一下，屋里很安静。显然，老母亲早歇息了。他想，还是不要吵醒老母亲了吧。

隔壁老刘的灯还亮着。他敲开了老刘家的门。老刘惊讶地看着他，你回来了啊，老太太歇息了吧？他点点头。老刘说，那我帮你去喊门。他赶紧制止，算了，我回来也没什么别的事情，就是给母亲买了一部手机送回来。说着，拿出手机，递给老刘，麻烦你明天交给我母亲。

老刘接过手机，老太太可真有福气啊，有你这么孝顺的儿子。

他有点难为情地摆摆手。又想起了什么，从口袋里掏出一叠纸，差点忘了，这是我画的操作说明，也交给我母亲。

老刘感动得直揉眼睛。

回城的路上，他也一直眼噙泪花。他感慨不已，眼前一遍遍浮现出母亲戴着老花镜，对着他画的操作说明，一步步地学打手机的样子。

第二天，母亲用隔壁老刘家的电话打给他，手机收到了，真好。末了，母亲嗔怪他，怎么到了家门口，都不回家呢？你都一年没回来过了吧？妈不要手机，妈只是想你啊！

距离从来不是爱情的问题

　　他和她从大学时就开始谈恋爱了，爱情长跑了七八年，研究生快毕业时，他向她求婚。没想到，她竟然拒绝了，理由是，他的家在南方的台州，而她的家在东北的哈尔滨，两个人的家相距3000公里，结婚？不现实。她说，她想找一个离家近一点的结婚，这样方便照顾父母。父母年纪渐渐大了，她是家里唯一的孩子，她有这个想法，很合理。

　　就这样放弃吗，像很多在大学校园里死去活来地热恋，一毕业就劳燕分飞的人一样？他不甘心，不舍得。他追问她，怎样才叫离家近？

　　她回答，就是自行车能骑到的地方。

　　他沉默不语。

　　这一天，他们毕业了，这是他们在大学里的最后一天。分别时，他再一次问她，只要自行车能骑到的地方，你就会嫁给我，是不是真的?

她郑重地点点头。

他什么也没说,和她拥抱而别。对很多校园恋人来说,这一别,也许就是永远。她眼含热泪,看着那个熟悉的背影,慢慢离去。

第二天,他告别校园,出发了,从哈尔滨回南方的家。他没有去机场,也没有去火车站,而是骑上了自行车。没错,他要骑着自行车,从她家所在的哈尔滨,骑到3000公里之外的他的家,台州。

他只背了一个背包,自行车上还插了一面红旗,红旗上是同学们的签名,以鼓励自己勇敢地"一路向南"。

两天后,她收到了一张他发来的微信信息,是一张照片,照片上,一身骑行服的他,蹲在一个公路界牌旁,双手举着一个纸牌子,上面写着六个大字:某某,嫁给我吧!

她瞬间泪如雨下。她没想到,他会骑自行车回家。

此后的一个月,每隔一两天,她就会收到一张他发来的照片,都是他在各地的公路界牌旁,举着那张"某某,嫁给我吧"的纸牌,请路人代拍的。从双城,到扶余;从德惠,到米沙子;从范家屯,到南巍子;从十家堡,到毛家店;从卧龙镇,到沂山镇;从滩岭乡,到仙人村……一路向南。因为是沿着国道走,所经过的,都是他和她以前都从未听说的村镇。沿途的城市,他没有驻留;一路的风景,他也没有停下来欣赏,他只有一个念头,坚持下去,骑回台州。

时值七月,正是一年中最热的时候。细心的她发现,他发来的第一张照片,还是一个白白嫩嫩的书生模样,到后来,他发来的照片,脸已经变成黑炭了。

她心疼死了。

整整31天后,他终于骑回到了台州的家。在离家最近的一个界牌,他拍下了最后一张照片,还是举着那张牌子:"某某,嫁给我吧！"

她答应过他，要找一个自行车就能骑到的地方的人，嫁给他。而他用自己的行动证明，他的家，离她的家，虽然相距 3000 公里，但也是自行车可以骑到的。

连她的父母，也被感动了，他们对自己唯一的女儿说，现在这样的小伙子不多了，不怕苦，不怕累，这么有毅力，女儿，你想去找他，就去吧！

她从哈尔滨，飞到了台州。在机场，他们紧紧地拥抱在了一起。

她也在台州找到了工作。在相识相恋 10 年后，他们结婚了。婚礼上，他为她唱了一首歌："把青春献给身后那座辉煌的城市，为了这个美梦，我们付出着代价，把爱情留给我身边，最真心的姑娘……"这首名为《私奔》的歌，仿佛唱颂的，就是他们的爱情。

值 得

同事大刘的孩子小帅，是大家公认的懂事、省心的孩子，不调皮，不迷恋电脑和手机，不乱花钱，一句话吧，你能想到的优点，这个孩子身上差不多都有。

小帅十来岁，这个年龄段的孩子，特别是男孩子，大多调皮捣蛋，让人又爱又厌。小帅却有着与他的年龄不太相称的成熟稳重，做什么事都有板有眼，有依有据。不知道大刘是怎么把孩子调教成这样的。

有一次，亲眼见识了大刘的教育方法。

那是一个星期天，我的孩子与大刘的孩子小帅，同在少年宫补课。放学时，已十一点多了，到了吃中饭的时间。两个孩子不约而同地提出，不想回家吃饭了，想就近吃麦当劳。我虽然不能理解也不太赞成孩子吃洋快餐，但偶尔还是会满足一下孩子的愿望。再说孩子已经上了几小时的课，又饿又累，先填一下肚子，也在情理之中。于是，我答应了孩子。大刘却没答应小帅。伙伴可以去吃麦当劳，自己却未能如愿，小帅不高兴了，嘴里嘟嘟囔囔。大刘停下脚步，对小帅说，我给你算算啊，一个汉堡十几元，一对鸡翅七八元，再加一杯可乐，一包薯条，少说三十元，你还未必能吃饱。如果我也吃同样一份的话，那就要六七十元。六七十元是什么概念呢？妈妈每天去菜场买菜，平均只要四五十元，就够我们一家三口吃一天的了。你想想，花这个钱值得吗？小帅低下头，不吭声了。

我在一旁，听傻了眼。没想到大刘会和孩子算这笔账。你不能说，大刘算的这本账有问题，很显然，他的算法一点也没错，不值得。更让我意想不到的是，小帅听了大刘的一席话之后，竟然点点头，同意了，和大刘一起转身回家去了。

事后，我和大刘探讨了他的这一做法。大刘不无得意地说，从小，他就是这么教育孩子的，对于他认为孩子不应该做的事情，他从来不是简单粗暴地呵斥，而是耐心地跟孩子算算账，讲道理，然后让他自己去选择。大刘很自豪地说，他的话，孩子大多是听的。

大刘还给我举了几个例子。

孩子很小的时候，和其他孩子一样，喜欢蹲在地上玩，有时还会在地上打滚，常常没玩一会儿，就把身上的衣服弄得很脏。他耐心地跟孩子讲，你看看自己身上的衣服，这么新，这么干净，这么漂亮，就因为在地上玩泥巴，而把漂亮的衣服弄脏了，跟个流浪儿一样，多么不值得啊。孩子听了几次，就记住了，再出去和孩子们一起玩的时候，他就会自觉地保护好自己的衣裳不弄脏，脏东西就不会碰了，衣服也就保持整洁了。

孩子上学之后，有一段时间特别喜欢看电视玩电脑，一看一玩就是一两个小时，甚至更长时间，连作业都忘记做了。我就跟他讲，做作业能长知识，长本领，长大了才有出息，看电视玩电脑，什么本事也学不到，白白浪费时间，多么不值得啊。如果你把别人看电视玩电脑的时间，都拿来做作业，你的成绩就一定比别人好。大刘看看我说，我家小帅很懂得珍惜时间，就是靠我这么教出来的。

我听明白了，大刘的教育方法，其实归结起来，就是两个词：值得，或不值得。他认为值得的事，就鼓励孩子去做，他认为不值得的事情，就避免孩子去做。

这倒与大刘自身的处世哲学很相似。比如每年同事们都会出去旅游，大刘却很少去，他不去的理由很简单，花那么多钱去找罪受，不值得。他也乐意在假期加班，而放弃与家人的团聚，因为有三倍的加班费，值得。每年的年休假，他从来不休，因为单位规定，不休年休假可以享受双倍工资的补助，他觉得休了假，不值得，不休假，值得。

我一直很喜欢大刘的孩子小帅，与我的孩子比起来，小帅真的是太懂事了，太让父母省心了，很长时间我以他为我的孩子的榜样。但现在我忽然不太确定，在大刘"值得观"的教育下，孩子所做的一切，所没有尝试过的一切，真的只是值得或不值得，可以囊括的吗？

很多时候，我们会以自己的价值判断，一己的喜好，来左右孩子的行为，给孩子划定，哪些是可以做的，哪些是不可以做的，我们以为，这一切都是为了孩子的好。我们内心的"天平"，其实就是大刘的值得或不值得的翻版，并无二异。可是，我们做的，真的是有利于孩子成长的吗？

也许，真正值得我们去做的，就是让孩子自由、快乐、健康地成长。拥有充实且丰富多彩的人生，才是最重要的吧。

家的中心

　　朋友又换了新房子，新房子更大了，但怎么设计，如何装修，却成了一道难题。

　　难就难在，新房子的中心，摆哪儿。

　　这些年，朋友的房子先后换了好几次。最早的房子，是单位分的福利房，只有三十几个平方，一房一厅。说是客厅，其实主要的功能，就是餐厅，吃饭的地方。但那时候，吃饭是大事，所以，餐厅虽小，朋友在装修的时候，还是花了很多心事，把小小的餐厅兼客厅拾掇得有模有样，甚至还腾出了一个拐角，放了一张单人沙发。回到家，一家人就围坐在餐厅，吃饭，喝茶，聊天，孩子玩积木，妻子织补，朋友看书，都在这儿。谁累了，就在那把小沙发上躺一躺，是难得的享受。虽挤，日子过得有滋有味。

　　那时候，朋友最大的心愿，就是能换个客厅大一点的房子。这个愿望，在打拼了若干年之后，终于实现了，朋友将福利房卖掉之后，添了不少钱，买了一个近六十多方的商品房，两房一厅，新房子最大的亮点是，客厅大多了。朋友在装修这个房子的时候，把装修重点放在了客厅，靠近厨房的位置简单区分后，成了相对独立的餐厅，另一端靠阳台的位置，设计成了正儿八经的客厅，靠墙摆了一张三人沙发，一个茶几，最重要的是，朋友咬咬牙，买回了一台当时刚流行的背投电视机。那些年，只要一回到家，朋友就惬意地往沙发上一躺，孩子也几乎是在沙发上蹦蹦跳跳长大的。晚饭后，一家人挤挤挨挨地坐在沙发上，一起看电视，谈心，吃点心，客厅里欢声笑语，生活温暖又温馨。那段时间，朋友家的客厅，成了我们一帮朋友聚会的好去处。与大部分普通人家一样，客厅成了朋友一家的心脏地带。

几年之后，朋友又置换了新房子。这一次，换房子的原因是，朋友非常渴望有一个自己的小天地——书房。其时，朋友三十多岁，事业正处于快速上升期，孩子也即将上中学，原来房子的两个房间，都是卧室，很需要一个独立安静的空间。朋友换购了一个三室一厅的房子，其中的一个房间，被朋友设计成了书房。后来，电脑普及了，朋友也买了一台电脑，就放在书房里。因为这台电脑，书房很快成了这个家最受欢迎的地方。朋友在书房里玩电脑、上网，妻子不时送一杯热茶进来，站在一边陪陪丈夫，慢慢也学会并迷上了电脑。而电脑对于孩子的吸引力，更是出乎朋友夫妻俩的意料，常常是一眨眼，孩子就溜进书房，打开了电脑，上网、聊天、玩游戏。朋友想了很多办法，比如给电脑设置开机密码，平时拔掉网线等等，但这都难不倒孩子。朋友算是个开明的父亲，知道死堵不是个办法，索性在书房里多放置了一把椅子，给孩子也安置了一个座位，但要求孩子必须在完成全部作业之后，才能在他们的监督下，玩一会电脑。

那些年，书房成了朋友家最受欢迎的地方，慢慢取代了客厅的地位，自然而然地成了一家人聚集最多的地方。

新房子装修在即，朋友却不知道该怎么设计了。朋友叹着气说，这些年，房子面积越来越大，条件越来越好，客厅、餐厅、厨房、书房、卧室、卫生间，功能细分，越来越齐全，一家人围聚在一起的时间，却越来越短。尤其是近几年，手机快速普及后，常常是一家三口，各自躺在床上或沙发上，埋头玩各自的手机，空荡荡的房间里，只偶尔冒出一声"吃饭了"，此外，经常是悄无声息。现在，家里最聚人气的地点，是 Wi-Fi 信号所及之地，中心点就是挂在电脑上的路由器。朋友自嘲地说，为了让家的每个角落，都能接受到 Wi-Fi 信号，装修设计的时候，也许不得不优先考虑，路由器安置在哪儿。这是不是有点悲哀呢？朋友无奈地摇摇头。

是啊，家的中心，本应该以人为中心，以爱为半径。从什么时候开始，家的中心被悄悄置换了呢？

和父亲坐一条板凳

上大学后的第一个暑假，回家。坐在墙根下晒太阳的父亲，将身子往一边挪了挪，对我说，坐下吧。印象里，那是我第一次和父亲坐在一条板凳上，也是父亲第一次喊我坐到他的身边，与他坐同一条板凳。

家里没有椅子，只有板凳，长条板凳，还有几张小板凳。小板凳是母亲和我们几个孩子坐的。父亲从不和母亲坐一条板凳，也从不和我们孩子坐一条板凳。家里来了人，客人或者同村的男人，父亲会起身往边上挪一挪，示意来客坐下，坐在他身边，而不是让他们坐另一条板凳，边上其实是有另外的板凳的。让来客和自己坐同一条板凳，不但父亲是这样，村里的其他男人也是这样。让一个人坐在另一条板凳上，就见外了。据说村里有个男人走亲戚，就因为亲戚没和他坐一条板凳，没谈几句，就起身离去了。他觉得亲戚明显是看不起他。

第一次坐在父亲身边，其实挺别扭。坐了一会，我就找了个借口，起身走开了。

不过，从那以后，只要我们父子一起坐下来，父亲就会让我坐在他身边。如果是我先坐在板凳上，他就会主动坐到我身边，而我也会像父亲那样，往一边挪一挪。

工作之后，我学会了抽烟。有一次回家，与父亲坐在板凳上，闲聊，父亲掏出烟，自己点了一根。忽然想起了什么，犹豫了一下，把烟盒递到我面前说，你也抽一根吧。那是父亲第一次递烟给我。父子俩坐在同一条板凳上，闷头抽烟。烟雾从板凳的两端漂浮起来，有时候会在空中纠合在一起。而坐在板凳上的两个男人，却很少说话。与大多数农村长大的男孩子一样，我和父亲的沟通很少，我们都缺少这个能力。在城里生活很多年后，每次看到城里的父子俩在一起亲热打闹，我都羡慕得不得了。在我长大成人之后，我和父亲最多的交流，就是坐在同一条板凳上，默默无语。坐在同一条板凳上，与其说是一种沟通，不如说更像是一种仪式。

父亲并非沉默讷言的人。年轻时，他当过兵，回乡之后当了很多年的村干部，算是村里见多识广的人了。村民有矛盾了，都会请父亲调解，主持公道。双方各自坐一条板凳，父亲则坐在他们对面，听他们诉说，再给他们评理。调和得差不多了，父亲就指指自己的左右，对双方说，你们都坐过来嘛。如果三个男人都坐在一条板凳上了，疙瘩也就解开了，母亲就会适时走过来喊他们，吃饭，喝酒。

结婚之后，有一次回乡过年，与妻子闹了矛盾。妻子气鼓鼓地坐在一条板凳上，我也闷闷不乐地坐在另一条板凳上，父亲坐在对面，母亲惴惴不安地站在父亲身后。父亲严厉地把我训骂了一通。训完了，父亲恶狠狠地对我说，坐过来！又轻声对妻子说，你也坐过来吧。我坐在了父亲左边，妻子扭扭捏捏地坐在了父亲右边。父亲从不和女人坐一条板凳的，哪怕是我的母亲和姐妹。那是惟一一次，我和妻子同时与父亲坐在同一条板凳上。

在城里终于有了自己的房子后，我请父母进城住几天。客厅小，只放了一对小沙发。下班回家，我一屁股坐在沙发上，指着另一只沙发对父亲说，您坐吧。父亲走到沙发边，犹疑了一下，又走到我身边，坐了下来，转身对母亲说，你也过来坐一坐嘛。沙发太小，两个人坐在一起，很挤，也很别扭，我干脆坐在了沙发扶手上。父亲扭头看看我，忽然站了起来，这玩意太软了，坐着不舒服。只住了一晚，父亲就执意和母亲一起回乡去了，说田里还有很多农活。可父母明明答应这次是要住几天的啊。后来还是妻子的话提醒了我，一定是我哪儿做得不好，伤了父亲。难道是因为我没有和父亲坐在一起吗？不是我不情愿，真的是沙发太小了啊。我的心，隐隐地痛。后来有了大房子，也买了三人坐的长沙发，可是，父亲却再也没有机会来了。

父亲健在的那些年，每次回乡，我都会主动坐到他身边，和他坐在同一条板凳上。父亲依旧很少说话，只是侧身听我讲。他对我的工作特别感兴趣，无论我当初在政府机关工作，还是后来调到报社上班，他都听得津津有味，虽然对我的工作内容，他基本上一点也不了解。有一次，是我升职之后不久，我回家报喜，和父亲坐在板凳上，年轻气盛的我，一脸踌躇满志。父亲显然也很高兴，一边抽着烟，一边听我滔滔不绝。正当我讲到兴致时，父亲突然站了起来，板凳一下子失去了平衡，翘了起来，我一个趔趄，差一点和板凳一起摔倒。父亲一把扶住我，你要坐稳喽。不知道是刚才的惊吓，还是父亲的话，让我猛然清醒。这些年，虽然换过很多单位，也做过一些部门的小领导，但我一直恪守本分，得益于父亲给我上的那无声一课。

父亲已经不在了，我再也没机会和父亲坐在一条板凳上了。每次回家，坐在板凳上，我都会往边上挪一挪，留出一个空位，我觉得，父亲还坐在我身边。我们父子俩，还像以往一样，不怎么说话，只是安静地坐着，坐在陈旧而弥香的板凳上，任时光穿梭。

荷包蛋里的爱

女儿要出嫁了，向母亲学几招过日子的小窍门。

早起，跟着母亲学煎鸡蛋。母亲煎的荷包蛋，好看，呈半椭圆，像上弦月；色白，微焦黄；好吃，外脆内嫩。每天早晨，盘子里都会有三只煎蛋，一家三口一人一只，多少年了，一直是这样。

母亲将平底锅烧热，加油，然后拿起两只鸡蛋，轻轻一磕，一只鸡蛋破了，蛋黄在蛋白的裹夹下，顺势滑入锅中。有意思的是，另一只鸡蛋完好无损。女儿问，要是磕不好，两只鸡蛋同时破了，岂不是一起滑入锅中，搅和在一块了？母亲笑了，傻丫头，用一只鸡蛋去磕另一只鸡蛋，往往是被磕的那只鸡蛋先破了。人也是这样，受伤重的大多是被动的那个人。两口子过日子，要和气，永远不要硬磕硬。女儿笑笑，这就教育上了呢。

待鸡蛋冒出热气，母亲将火拧小，说，火候很关键，火太大，底下很快熟了，焦了，上面却还是生的。炒菜要用大火，炖汤和煎蛋，则必须用小火，急不得。这就像你们小青年，谈恋爱，是大火，火烧火燎，扑都扑不灭；但结了婚，这过日子可就是个细活了，像流水，得慢慢过，一天天过，必须用小火。

母亲边说，边拿起筷子，轻轻地将圆圆的蛋黄拨破，黄灿灿的蛋黄，向四周散开，像一层镏金，铺在蛋白上。这是母亲煎蛋与众不同的地方，别人煎的蛋，蛋黄是完整的，高傲地躺在中心。但母亲煎的鸡蛋，蛋黄都均匀地铺散在蛋白中了，平展，白中偏黄，尤其是在入口时，嫩的蛋白，香的蛋黄，混合在一起，爽口，脆香，不腻。母亲说，你小时候不喜欢吃蛋黄，从那时候起，煎蛋时我就将蛋黄搅均匀，煎出来的鸡蛋就分不出蛋白和蛋黄了。原来是这样，女儿抱了抱母亲。

说着话，一面已经煎好了，母亲用筷子轻轻一夹，一抄，给鸡蛋翻了个身，煎另一面。

一只又嫩又白又黄的鸡蛋，煎好了。母亲将煎蛋盛入盘中，拿起剩下的两只鸡蛋，轻轻一磕，鸡蛋滑入锅中。这只鸡蛋有点散黄了，筷子轻轻一碰，蛋黄就均匀地铺散开了。

又煎好了一只鸡蛋。母亲拿起最后一只鸡蛋，轻轻地在锅沿上一磕，鸡蛋滑入锅中。

很快，三只鸡蛋都煎好了。女儿端起盛着三只煎蛋的盘子，喊爸爸，吃早饭了。

母亲说，慢一点，你知道哪一只鸡蛋是你的，哪一只是爸爸的吗？

女儿不解地看看母亲，又看看盘中的三只煎蛋，随便啦，这有什么分别吗？

母亲点点头。

女儿忽然明白了什么，笑了，用手指着一只煎蛋说，这只一定是我的，因为我每天吃的煎蛋，都是你煎得最好看，也是最好吃的那一只。

母亲点点头，又摇摇头，平时是这样，但今天不是。这只鸡蛋虽然煎得最好看，但它有点散黄了，不太新鲜了，所以这只煎蛋不是给你吃的，而是我的。

164

女儿动情地看着母亲。那么，哪一只是爸爸的？是最大的这只吗？

母亲又一次点点头，但又摇摇头，没错，你爸爸最辛苦，饭量也最大，因此，他应该吃最大的。但这只煎蛋，看起来最大，只是在煎的时候，摊开得比较大一些，但很薄，其实，另一只更大些，因此，那一只才是你爸爸的。都是我煎的鸡蛋，所以我最清楚，哪一只煎蛋是我们哪个人的。

女儿激动地说，这么说，每天早晨放在我面前的煎鸡蛋，其实你都是有选择的？

母亲反倒有点难为情了，摆摆手，只是个习惯罢了。

女儿的眼睛有点湿。她恍然明白，这个早晨学到的不仅是母亲煎蛋的技术，还有她默默地对这个家庭和每个成员的付出，那才是这么多年来最营养的早餐啊。

世语：成为美好的一部分

成为美好的一部分

流浪汉比利·哈里斯做梦也没有想到，他会突然之间名满全球，网络上，到处是他的名字，他的故事，迅速传遍了全世界，也打动了所有善良的人。

他的故事其实很简单。满脸花白胡子的哈里斯是美国堪萨斯城的一名流浪汉，和所有的流浪汉一样，白天，他在城市广场乞讨，晚上，就在立交桥下过夜。每天都一样。今年 2 月初的一天，哈里斯像往常一样，坐在广场的一角，他的面前摆着一个空咖啡杯，路过的好心人，会将一些零钱，放进哈里斯的杯子里。一名路过的中年妇女，看了看哈里斯后，将钱包里所有的零钱都倒出来，给了他。

哈里斯很感激地向那名妇女致谢。妇女离开一会儿后，哈里斯惊讶地发现，咖啡杯的零钱里，多了一枚亮闪闪的钻戒，很显然，是哪位好心人不小心落下的，最大的可能，是刚才那位妇女的。凭直觉，哈里斯断定，那是一枚价值昂贵的婚戒。如果把戒指卖掉，哈里斯将获得很大一笔金钱，他的贫苦的生活将就此发生很大改变。在犹豫和挣扎了一番之后，哈里斯决定，继续坐在城市广场的一角，等待那枚戒指的主人。

第三天，一名妇女走到哈里斯身边，她蹲下身，试探性地问他，你还记得我吗？哈里斯看看她，摇了摇头。每天都有很多人从他身边经过，每天也都会有不少的好心人给他零钱。妇女有点紧张地说，我好像给过你一件非常珍贵的东西。哈里斯明白了。他问她，是一枚戒指吗？妇女激动地说，是啊，那是我的订婚戒指。哈里斯从上衣口袋里掏出那枚戒指，递还给妇女。妇女喜出望外地接过失而复得的戒指，然后她将钱包里所有的钱都留给了哈里斯。

被哈里斯的诚实深深打动，中年妇女决定为他做点事。她找到了一名做网络设计的朋友，商量通过网络，为哈里斯筹集一点钱，以改善他的生活。美国一家著名的慈善筹款网站，在听说了哈里斯的故事后，接受了他们的请求，特地为哈里斯制作了一个捐款网页。

他们原本期望通过网络捐款，能为哈里斯筹得几百美元，以修整一下他每天骑的那辆破旧不堪的自行车，当然，如果能筹到1000美元，那就更好了，除了修整自行车外，还能资助一下他的生活。令人意外的是，捐款源源不断，很快就突破了1000美元。每天，都有来自欧洲、美洲、亚洲等世界各地的网友慷慨解囊，1美元，5美元，10美元，数额都不大，但成千上万颗的爱心，很快就汇聚成了爱的海洋。在不到一个月的时间里，已经有7000多名网友为哈里斯捐助了16万美元，而且，更多的人正在加入进来。

为一名远在天边的流浪汉捐款，一时间成为全球网友的自发行为。看到这个故事的人，都被哈里斯诚实的品质打动。一颗善心，一个善举，使哈里斯的故事，成为一件传遍全世界的美好故事，这个小故事的核心，是人与人之间的诚实、悲悯、理解和相互关爱，而让我更感动的是，正是散布在全世界各个角落无数的陌生人，共同续写了这个美好故事，使更多的人成为这个美好故事的一环。

家住美国佛罗里达州的一位杭州女士，为哈里斯捐了20美元，她为此感到很高兴，因为，这笔小小的捐款，让她成为这个美好故事的一部分。

远在印度的一位老人，看到了当地的报纸之后，兴奋地讲给自己的家人听，老人正在读大学的孙子，通过网络，替全家为哈里斯捐了5美元。老人很欣慰地看到，孙子长大了。

我的一位同事，将刊登这个故事的报纸，张贴在了单位的阅报栏，使更多的同事看到了这个故事，那天，在食堂吃饭的时候，大家都在议论这件事。我不能确定，有没有人通过网络为哈里斯捐款，但可以肯定的是，我和我的同事们通过自己的口耳，传播了这个美好的故事，让更多的人心怀善心，心存善念，因此，我们也是这个美好故事中的一环。

很多时候，通过我们的一言，一行，一念，就能参与其中，成为一个美好事件的一部分。善良和正能量，就是这样传递的。

蔬菜之香

朋友小倪打来电话，说她刚从乡下回来，又给我带来点新鲜的蔬菜，让我去小区门口等她。

小倪的父母家在郊县，父母虽然年纪大了，但还种着几分菜地。每次小倪回家，母亲都会上菜园里摘点新鲜蔬菜，让她带回城里吃。刚开始的时候，小倪嫌麻烦，说城里的菜场，什么菜都能买着。母亲轻轻地嘀咕，你能买到妈妈种的菜吗？再说，你在菜场买的菜，很多是大棚里栽种的，有的菜地，说不定离工厂很近，被污染了，哪有我这山地种的菜好哇？

没想到，小倪从家里带回来的菜，儿子特别爱吃。这让小倪很开心，打电话告诉父母，二老听了更是高兴得合不拢嘴。自从小倪买了车之后，回家的次数多了，几乎每个周末，都会自己开车回家探望父母。而带回来的蔬菜也更多了，青菜、萝卜、菠菜、芫荽、芹菜，应有尽有，母亲甚至连小葱，也不忘摘上一大把，放在女儿的后备箱里。

从乡下带回来的蔬菜太多，小倪一家三口根本吃不了，小倪想出了个办法，分送给朋友们。于是，每到周日，从乡下一回来，小倪就开着车，从一个小区到另一个小区，挨个给朋友们送蔬菜。喜欢青菜的，多拿点青菜；喜欢芫荽的，多拿点芫荽。

我也是小倪每次送菜的朋友之一。我的家，距离比较远，所以，多半是小倪第一个送到的。盛情难却，每次，我都会随便挑几样。这些蔬菜，刚刚从地头摘下来，特别新鲜，带着山里的露水。与农贸市场里靠洒自来水保鲜的蔬菜相比，显得娇嫩可爱多了。

看着小倪后备箱里满满的蔬菜，我问过她，这样挨个送过去，得花不少时间吧？而且，这样开车一家家送，光油费恐怕就要接近蔬菜本身的价格了。小倪笑着说，我送给大家的蔬菜，菜场里都能买到，我就是为了让大家尝尝鲜，一点点小心意，更关键的是，每次给你们送菜的时候，也正好看看你们啊。平时，大家各自都很忙，见面的机会还真不多，这样一来，我几乎每周都能和好朋友们见见面，唠嗑几句，我觉得这远比几把蔬菜，更有价值呢。

她说得对。想想自己，一直穷忙，疏于朋友的联谊，很多朋友，虽然住在同一个城市，却久无往来，顶多就是电话联系联系。小倪从乡下带来的蔬菜，倒成了她和朋友最好的媒介，这是小倪家的蔬菜，另一种独特的香味呢。这也是我受之安然的缘故吧。

放下小倪的电话，我到小区门口去迎她。没一会儿，小倪的车就到了，同车的，还有她的儿子。

小倪打开后备箱，竟然都是青菜。小倪说，这次你得多拿一点。她指指儿子，对我说，这些青菜，可是我和儿子自己种的。

她的儿子点点头，自豪地告诉我，元旦放假的时候，他和妈妈一起去乡下看望外公外婆，正好外婆家的菜园空出了一小块地，他就和妈妈一起，在空地上栽种了青菜秧，还一棵棵浇了水，施了肥。小家伙拿起一棵青菜，不无得意地说，这都是我亲手栽种，又刚刚亲手采摘的，叔叔你看看，它们长得胖嘟嘟的，翠绿翠绿的，多可爱啊，希望您喜欢。

我摸摸小家伙的头，这是你的劳动成果，叔叔自然喜欢，你也大方点，给叔叔多拿几棵吧。小家伙喜滋滋地拿出塑料袋，为我装了满满一袋子。

拎在手里，沉甸甸的。我笑着对小倪说，谢谢你们的青菜，它一定是我吃过的，最可口的青菜。

小倪开着车，和儿子一起，向另一个朋友家的方向驶去，一路上，弥漫着你也许嗅不到，却真实存在的蔬菜之香。

以你的方式爱你

他觉得自己是个情感的失败者。他最爱的几个人，也是他付出最多的亲人们，对他的爱，竟然都难以接受。

儿子是他最疼爱的人，为了儿子，他可谓呕心沥血。每天儿子上下学，都是他开车接送。以前没车的时候，他也坚持骑自行车，接送儿子，风雨无阻。在他看来，自己接送儿子，免除了儿子路途之苦，节省了不少时间，而这些时间，可以拿来比别人多看一页书，多做一道题。他对儿子的唯一要求就是，全心全意读书，剩下来的事情，都可以交给他来办。

可是，儿子上初中后，却不愿意他接送了，而宁愿自己乘公交车，或者骑自行车上下学。但他还是坚持接送儿子，他怕儿子上学迟到，担心他路上不安全，害怕他放学后，会和不良孩子混在一起。儿子执拗不过他，每次坐上车，都是一路无语。

他们的矛盾，在一个星期天集中爆发。那天，儿子和几个同学约好一起去博物馆参观。小区门口，就有一路公交车，可以直达博物馆，所以，儿子想自己乘公交车去。他却认为，虽然公交车可以直达，但是，等车的时间却很漫长，而且，那辆公交车的乘客很多，非常拥挤。他对儿子说，还是我送你去吧，这样，你就不用排队挤车了，省下来的时间，正好可以将英语补一补。儿子不情愿地答应了。

将儿子送到博物馆后，他问儿子大约参观多长时间，他再来接他。儿子说，他也不能确定要参观多久，反正参观完了，自己坐公交车回家好了。他去匆忙办了一件事后，就又开车回到博物馆门口，等待儿子。一直等了三个多小时，才见到儿子和几个同学，有说有笑地走出博物馆的大门。他发动汽车，向儿子迎去。儿子见到他，不但没有半点惊喜，反而又羞又恼，不是说好了，我自己坐车回家的吗？说完，儿子顾自和几个同学向公交车站走去。他没想到自己苦等了这么久，竟然是这样的结局，不禁勃然大怒。

从那以后，儿子坚决不肯让他再接送了。他觉得自己真是太失败了，为儿子付出了这么多，却落得这么一个下场，他无法理解，郁闷之极。真是养了一个"白眼狼"，他愤愤地想。

在儿子这儿，他是吃力不讨好，在自己父母那儿，他似乎也没怎么讨得欢心。他自认为是个孝子，以前家里穷，父母省吃俭用，将他们兄妹几个拉扯大，现在条件好了，他想让父母生活过得好一点，弥补一下年迈的父母。所以，每个月，他都会准时给父母一大笔生活费，还经常买一些贵重的礼物，送给他们。

有一次，去北方出差的时候，看到一种驼绒大衣，保暖性能很好，当然，价格也不菲。他毫不迟疑地给父母各买了一件。父母收到礼物后，显得很开心，可是，看到价格标签后，母亲的脸色一下子变了，打电话责怪他不该买这么贵的东西。最让他不能理解的是，那两件驼绒大衣，他几乎没看见父母穿过，他问过他们，为什么不穿？父母说，南方的天，没那么冷，而且，那么贵的衣服，穿在身上，一点也不自在。

他认为，让父母衣食无忧，吃好，穿好，用好，就是孝顺了。可是，父母亲却自有想法，有一次，母亲吞吞吐吐地对他说，宁愿他经常回家来看望他们，陪他们唠唠嗑，而不是一次次托人捎钱捎物回来，他们清汤寡水生活惯了，不需要太多的物质，只是希望一家人，能够经常聚在一起。

就连妻子也经常对他流露出不满的情绪，他想不明白，自己在外面拼死累活地打拼，不就是为了这个家吗？他的目标，就是让她住更大的房子，开更好的车子，买更好的化妆品……然而，妻子却并不理解他，经常为了一些在他看来是鸡毛蒜皮的小事，而和他闹别扭。一次，他因为生意上的事，而很迟回家，妻子幽幽地坐在沙发上，看样子是在生闷气。他问她怎么了？她回问他，今天是什么日子？他想了半天，没想起来。她告诉他，今天是你生日，我都买好了蛋糕，可是，现在已经是凌晨了，你的生日已经过去了。

他觉得，妻子这是小题大作，有点煽情，不就是一个普通的生日吗，而且还是他自己的，忘了就忘了，不过就不过呗。妻子却认为，这个家就像个客栈，没有半点温情。两个人都闹得一肚子的不愉快。

他认为，自己为孩子，为父母，为妻子，为这个家，付出了很多很多，他是真爱他们的，他们怎么就不明白，不领情呢？在一次朋友的聚会上，他道出了心中积郁已久的苦闷。

朋友劝解他，你确实付出了很多，你所做的一切，也真的是出于爱他们，但是，你是在以你的方式付出，以你的方式在爱着他们，而你的方式，未必是他们接受和需要的。儿子需要你的爱，但同时希望你能给他一点自由的空间，独立成长的机会；父母希望你多陪陪他们，而不仅是物质的供养；妻子可能更需要的，是你的温情，你的呵护……

    是的，爱一个人没错，然而，以怎样的方式去爱，可能效果迥异。以他人所需要的方式去付出，去爱，才会更容易被接受，无论是对亲人，还是朋友，都是一样。

天使都是有翅膀的

晚报上刊登的一组照片，打动了所有人。

画面很简单，很朴素，一组，三幅，讲的是一个孩子喝完可乐后，扔瓶子的故事。第一张照片，孩子仰着脖子，噘着小嘴巴，在喝可乐，可乐瓶已经快见底了。第二张照片，孩子手里拿着喝空了的可乐瓶，沿着碧绿的草坪，向什么地方走去。孩子大约两岁，胖嘟嘟的，看样子，走路都还不是很稳。第三张照片，孩子趴在一个垃圾桶旁，好像是跌倒了，只见他一只手撑着地面，另一只手努力将可乐瓶塞进垃圾桶的入口。

照片是一个摄影爱好者三年前在西湖边抓拍到的。他当时正在西湖边采风，很偶然地看到了这一幕，并将它抓拍了下来。他回忆当时的情景，孩子喝完可乐后，看到草坪边有个垃圾桶，不用爸妈教，就自己走了过去。草坪和垃圾桶之间，隔着一道铁链，小家伙跨过去的时候，不小心被绊倒了。站在一边的爸妈见状想冲过去扶他一把，但又忍住了。孩子跌倒后，没有哭，也没有向爸妈求助，而是自己匍匐着，爬向垃圾桶，一手撑着地面，一手有点吃力地将可乐瓶，扔进了垃圾桶里。

西湖景区正在举办一个"随手拍"文明大行动，这位摄影爱好者便将这组三年前抓拍的照片投了过去。可惜当时拍完照片后，他只是和孩子的父母简单地聊了几句，仅知道他们是外地来的游客，其他就一无所知了。虽时隔三年，这组照片还是打动了组委会的工作人员，他们希望通过报纸，找到这名可爱的宝宝，并邀请他作为文明小使者重游西湖。

这组照片，留下了西湖边美好的一幕。在西湖边，每天的游人摩肩接踵，美丽的西湖，给来自全国和世界各地的游客，留下了深刻的印象。但也有一些不文明不和谐的音符，比如地面上偶尔可见的痰迹和烟蒂，草坪里的塑料袋，凉亭座椅上的空瓶子和果壳皮，等等，它们是一些游客留下的不文明的痕迹。在西湖边可以见到，其他景区也不例外。

而这个只有两岁大的小宝宝，却执着地要将自己喝完的可乐瓶，扔进垃圾桶里。我注意到其中的一个细节，当时，孩子没用爸妈教，就自己主动去扔进垃圾桶里。我想，平时爸妈一定都是这么教他的，爸妈自己也是这么做的，所以，小小年纪的他就已经懂得并习惯性地将垃圾扔进垃圾桶里。

父母的教育和身体力行，是孩子最好的榜样。一次，在火车站，一个女孩和母亲一起去买票，每一个售票窗口都排了很长的队，女孩自觉地排在了一支队伍的队尾，而妈妈却巧妙地挤进了另一个队伍之中，女孩喊妈妈过来排队，妈妈白了女儿一眼。很快，妈妈就买到了车票，而女儿还排在长长的队伍中。妈妈得意地过来，喊女儿走，女儿却不肯离开，指责妈妈不应该插队。妈妈生气了，强行将女儿拉出了队伍。母女俩都是一脸不开心地离开了售票处。几乎没有一个父母，不希望自己的孩子善良一点，文明一点，有教养一点。可是，我们却常看到这样一幕：一边在理直气壮地教育孩子要将垃圾扔进垃圾桶里，一边自己随手将手中的烟蒂扔在地上，一脚碾碎。

我相信，每个孩子本来都是天使，他们都有一双好看的翅膀。可是，在孩子成长的过程中，有的翅膀被人为地折断了，有的甚至蜕化变质了，成了一根根刺。当我们长大之后，我们悲哀地发现，自己早已没有了翅膀。

希望通过媒体的力量，人们能够找到那个可爱的宝宝。现在他应该已经五岁多了，他的步履，一定也坚实多了。他还是会主动地将手头的垃圾，扔进垃圾桶里吗，无论何时何地？我想他会的，因为他一定还是个天使，长着美丽的翅膀，随时飞到我们身边。

不客气

在大家的眼中，他是个非常儒雅的人，敦厚、温良、绅士，对什么人、做什么事，都极得体，让人舒服。

那天，我在他公司的办公室闲聊。也没什么正事，就是想到哪儿扯到哪儿。在朋友圈中，只有他，能在任何情况下，耐着性子听你倾诉。还不时给一点安慰，或者建议。

正聊着，他的办公室电话突然响了。

他歉意地说，我接个电话。

"喂，你好！"他礼貌地接通了电话。他永远这样礼貌，有风度。每次给他打电话，一听到他的声音，就让人心里暖暖的。

电话里对方在说着什么。他突然不客气地打断了对方的话头，"对不起，我不需要！"说完，就果决地放下了话筒。

就在他放下话筒的时候，隐约还能听到话筒里，对方还在急切地说着什么。我有点诧异地看着他，这、这不是他的风格啊。他这样一个温良恭谦让的人，也有不够儒雅的时候啊。

他平静地说，是个推销店铺的电话。

推销电话，各种各样，我也经常接到，确实让人生厌，也不知道他们是从哪弄来的号码。不过，纵使很反感，一般接到这样的电话，我还是会礼貌地和他们周旋几句，才挂掉电话。不管怎么说，人家也是在工作，虽然这样的工作方式，让人难以接受。有时候，心情好，或者对方是个声音甜美的女生，我还会故意多聊几句。而你只要表现出一丁点兴趣，电话那头就会像抓住了一根救命稻草一样。我当然不会为之所动，我怎么会被电话推销说动呢。可以想见，我最终挂断电话的时候，对方该有多么沮丧？

这些推销电话确实挺烦人的，别和他们一般见识。我看着他说。

他抬起头，看着我，眼神里有一点点惊诧。我没有觉得这有什么烦的啊。他说。

我笑着说，你刚才打断他的话头，果断地挂了电话，我就猜出是那种推销电话了，对这种骚扰电话，就是要态度狠一点，没必要跟他们客气。我这样说，是想告诉他，遇到这种情况，我也是这么处理的，以免他觉得在我面前失态。

他听出了我的意思，忽然笑了，不，不一样的，你理解错了。他说，我之所以这么坚决地打断他的话，并挂掉电话，并不是因为我讨厌他，也不是嫌他的推销电话烦，其实，一个这样的电话，也耗费不了我们几分钟。我只是不希望他把时间和精力花在我这儿，因为我知道，我是绝对不可能成为他的客户的。如果我态度犹豫，语气迟疑，他就会误以为有希望，就会穷追不舍，那样的话，他的时间和精力，可就真的都白费了，而他本可以把精力花在其他有可能成为客户的人身上。

同样是拒绝，原来也可以如此不同。

第三辑 世语：成为美好的一部分

"咚，咚咚——"这时候，有人敲他的办公室门。"请进。"他说。门开了，是他的秘书，送来一批材料。

他的秘书，就在他外面的办公室。来找他的人，都要先经过他的秘书，再由秘书领进来。没错，敲门的永远是他的秘书，而他永远会回答一声"请进"。

他是我的朋友圈中，做得最成功的商人，也是最儒雅的绅士。他的成功，毫不意外。

城中河上的"清道夫"

一条河，穿城而过。

它在入城之前，九曲十八弯，清亮如镜，而在城市的另一端，当它终于挣脱而出的时候，已经完全看不出当初的模样，混沌、污浊，散发着连它自己都无法呼吸的怪味。它没有能力改变流向。越来越高的楼房，越来越宽的马路，将它挤压得越来越逼仄。差一点，它就被填平了，盖上楼房，或者修成马路。

拐了一道弯，它流经城市最繁华热闹的地段。

他负责这段河道的垃圾清捞。

每天清晨，他从回澜桥划着小船，顺流而下，用特制的网兜，打捞漂浮在水面上的漂浮物。临近中午的时候，到达他的终点惠济桥。河水继续南流。船舱里，已经满载了打捞上来的垃圾，再由清洁车转运到垃圾处理场。他则将清空了的小船，划到惠济桥的桥肚下，然后从厚厚的布兜里掏出饭盒，开始他的午餐。那是老婆一大早，为他准备好的。还有余温。沿岸有很多家饭馆酒楼，对着河道的油烟机，"呼呼"地喷出来一股股浓烈的味道，掩盖了他的饭菜味。

靠在船舷上打个盹，他开始往回划。逆流，虽然水不急，但还是必须一边划，一边打捞。水面上，永远有新的漂浮物，树叶、塑料袋、矿泉水瓶、香烟盒，以及其他杂七杂八的东西。网兜后面，他加了一小块木板，这样，就能既打捞，又当作木划子了。偶尔有一两块垃圾，从另一侧偷偷地溜过去，如果没能兜住它们，他就会让小船顺着水流倒回去，然后，用网兜将它们拦截住。这让他产生一点点小小的成就感，很得意地嘿嘿笑两声。这是他一天中，第一次发出声音，没人能听得见。

但还是有人注意到了他。高高的岸上，一对情侣在河边散步，女孩看见了他，惊喜地对男孩说，快看，有人在河里划船呢，真是太浪漫了。一边嚷着，一边挥着手机，让男孩帮他拍照。"一定要把小船拍进去哦。"女孩嘱咐男孩。男孩嘟囔着，一条破垃圾船，有什么好拍的？一边不情愿地摁下了快门。

他继续打捞着水面上的垃圾。河流的水位很低，岸很高，又散发着难闻的腐臭味，难得有人走到河边，往下俯瞰。这条河，以前要宽多了，清多了，可以驶很大的船，曾经还有几个热闹的码头。可是，现在它更像一条臭水沟。他记得老早的时候，还有人提议视这条城中河为母亲河，只是河水越来越污浊了，人们终于不大好意思，便在河的源头，另找了一条清澈的湖，冠名母亲湖。母亲湖的水，辗转流到这里，它们一脉相承。

有时候划累了，他会停下来，抬头往上面看看，两侧都是高楼，热闹的街区，人来熙往，是这个城市最繁华的地带。他只带女儿去过一次，那是女儿放暑假，和同村的几个孩子一起，进城看望父母。在最大的那家商场，他咬咬牙，给女儿也买了一只新书包。他告诉女儿，他就在这附近上班。女儿开心得不得了，完全忘记了他和妈妈两三年才能回一趟老家的思念之苦。

一天中，他最开心的事情，是在水面上偶尔看到一两条小鱼，摇曳着小尾巴，追着树叶。难得在这条河里看到鱼了。他不知道它们是怎么来的，是被水流带下来的，还是不小心迷了路？他很高兴这条逼仄的河道里，除了他，还有另外的生命，他又替它们揪心，自己忙完了一天的活，还能爬上岸，回到自己租住的小屋，而它们还能不能游回到城外，那干净的水域和鱼群中呢？

天黑之前，他会回到起点回澜桥，船舱里，又装满了从水面捞上来的各种垃圾。等垃圾运走了，他将小船拴牢，然后，骑上停在岸边的那辆破旧的自行车，回家，转眼消失在车流中。没有几个人认识他。

这条河，穿过我所生活的城市。而另外一条河，从你的城市，穿城而过。

每一环都可以很温暖

　　这是一个真实的小故事。

　　杭州的早晨，车水马龙，路上都是匆匆赶赴单位的上班族。一个姑娘，快步走向家附近的一处公共自行车租车点。这个时间点，正是大家租车的高峰时段，很多人都租借公共自行车去上班，很难租到车。不过，今天姑娘很幸运，租车点，还有一辆自行车。她掏出市民卡，放在感应器上。"嘀——"一声，锁开了。借车成功。姑娘匆忙跨上公共自行车，拐个弯，汇入马路上的车流之中，奋力向自己的单位骑去。

　　姑娘单位附近，正好也有一个租车点。每天早晨，她都是在这里还掉车，然后去上班。可是，将车推进停车位，准备刷卡还车时，一摸口袋，坏了，市民卡不见了。一定是刚才借车时，将市民卡丢在感应器上，忘记拿了。没有市民卡，还不了车不说，市民卡同时还是自己的医保卡、公交卡、缴费卡，重新补办很麻烦。自己离开的时间已经半个多小时了，卡会不会还在感应器上呢？抱着一线希望，姑娘决定立即骑回去，寻找自己的市民卡。

镜头回到第一个租车点。姑娘租车骑走后没一会儿，一个小伙子推着自行车走进租车点，他是来还车的。他的家距单位很远，每天，他都是在家门口的租车点，租辆公共自行车，骑到这个租车点后，将自行车还掉，再改乘公交车，去单位上班。租车点的边上，就是公交车站。小伙子将自行车推进一个停车位，刷卡，"嘀——"一声，锁上了。还车成功。小伙子正要转身离去，忽然看见，边上另一个停车位的感应器上，竟然放着一张市民卡。真是一个马大哈，谁竟然租走了车，却将市民卡忘在感应器上了？小伙子拣起卡看了看，是个女孩的。他又四周看了看，没见到工作人员，也没有其他人。怎么办？失主也许会回头来找，可是，自己还得赶到单位去上班。左思右想，小伙子决定，先带上卡，等会有空了，将卡交到公共自行车公司去，他们会联系上失主的。

恰好，一辆公交车驶进公交站，正是小伙子每天乘坐的那路车。小伙子赶紧向公交车跑去。小伙子跳上车，车门"喀嚓"一声关上了，向下一站驶去。

再回到那个租车点。小伙子这边刚跳上公交车走了，没一会儿，一位准备去附近的菜市场买菜的大姐正好路过租车点。无意间，她惊讶地看见，租车点停着的一辆自行车的前篮里，竟然放着一只鼓鼓囊囊的电脑包。大姐四周看看，没人。谁这么粗心啊，竟然将这么贵重的东西落在了车篮里？四下没人。把包带走？那失主怎么找到自己呢？而自己也没办法找到失主。不管它吧，也许就会被另一个人拿走了。大姐一脸焦急，又一脸无奈。

这时候，那个忘了市民卡的姑娘，气喘吁吁地骑着自行车，回到了这个租车点，她是来找自己的市民卡的。

　　大姐看到了姑娘，兴奋地指着电脑包问，是不是你丢的？姑娘摇摇头说，我刚才将市民卡忘在感应器上了。刚才租车的那个停车位的感应器上，空荡荡的，卡不见了。姑娘一脸失望。大姐一边安慰姑娘，一边告诉她，这个电脑包也是别人丢下的，我正在等失主。

　　大姐和姑娘一商量，附近就是省人民医院，他们有个保安室，不如先将电脑包交给他们保管，再通知公共自行车公司的人来取，让他们帮忙寻找失主，顺便也帮姑娘寻找丢失的市民卡。

　　两个人拿着电脑包，来到了医院的保安室。保安队长听说了事情的来由后，答应暂时保管，并当着她们的面，清点了电脑包里面的物品：一台笔记本电脑、银行卡、现金，还有一张身份证。

　　随后，公共自行车公司的人赶到医院的保安室，取走了电脑包，并根据身份证信息，联络失主。

　　失主找到了，就是那个小伙子。小伙子把卡交给公共自行车公司，让他们转交丢失市民卡的姑娘。

　　姑娘丢了卡，小伙子捡了姑娘的卡，却又忘记了自己的电脑包，路过的热心大姐守候着小伙子丢失的包……一环套一环，情节很像小说，但这是刚刚发生在杭州的真实故事。故事很温暖。那是因为，故事中的每一个人，都很热心，都很善良。

　　我们的生活，往往就是这样环环相扣，我们都是其中的一环，每一环，都可以很温暖，很温馨。

最美的对视

　　她久久凝视着，凝视着。

　　站在她面前的，是一个 16 岁的男孩。与所有这个年龄的男孩子一样，他有着清澈、纯净的眼睛。他也深情地凝视着她，凝视着她，然后，向她深深地鞠了一躬。

　　几个月前，他的眼前还一片漆黑。4 岁那年，因为一场大病，他失明了，从此，他的世界就漆黑一团。直到三个月前，他获得了一位刚刚去世的老人无偿捐助的一只眼角膜，才得以重见光明。

　　那位老人，就是她的母亲。

　　她的母亲，被社区追评为"最美的人"。她代表已经去世的母亲，上台领奖。让她没有想到的是，为母亲颁奖的，正是受捐的男孩。

　　早在 6 年前，年已八旬的老母亲，就向子女表达了最后的心愿，在百年之后，将自己的眼角膜无偿捐献给需要的人。一双儿女都表示赞成，并和老母亲同时做了捐献登记，一家三口身后捐献眼角膜登记表的编号连在了一起，分别是"351、352、353"。这组温暖的数字，就像小时候妈妈牵着她和弟弟的两只小手一样，齐步向前走着，温情、坚定而有力。

随着年龄增长，老母亲的身体每况愈下，尤其是她的眼睛，因为严重的白内障而使视力严重下降，看东西都是模模糊糊的。她说服母亲去做白内障手术，这是个小手术，做完了，就可以恢复不少视力。可是，老母亲却死活不肯答应，老人说，自己身上的器官都老化了，没啥用了，只有这眼角膜还行，将来还能够捐给别人，万一做了手术，损坏了眼角膜，那可怎么办？而且，自己也活不了几年了，看不看清楚也没什么关系，但保住眼角膜，就可以让别人一辈子都看得见。老人固执己见。最后，还是眼科医生说服了老人，做白内障手术，对眼角膜不会有任何损伤，老母亲这才放心地接受了眼角膜手术。

老母亲又生病住院了，这一次，病情凶险。自知时日不多，老母亲心里惦记着的，仍然是捐献眼角膜的事，这可是她这一生最后的愿望。担心自己临终时，可能无法再清晰地表达捐献的意愿；也害怕自己一旦撒手走了，子女们悲痛之中也许会忘了这重要的一茬，老人将那张"自愿捐献眼角膜登记卡"，放在了自己的病历本中，好让子女或者医生，在最后时刻，也不忘她的心愿。

一个静悄悄的凌晨，老母亲安静地走完了一生，溘然长逝。

她强忍悲痛，第一时间通知了有关部门。眼科医生小心翼翼地取走了老人的眼角膜，那"0.5克的挚爱"。

老母亲的眼角膜，很快就被移植给了受捐人，为他人点亮了光明。

在母亲节那天，她发了一条微信："我知道，有些人正用您的眼睛看着这个从未谋面的世界。说不定哪天，我们的目光在茫茫人海中再相视，我知道，那是您爱的目光。"这是老母亲离开之后的第一个母亲节，她再也不能喊一声"妈妈"了，但她知道，母亲仍在注视着这个世界。

她没有想到，会在这个场合，再一次看到母亲的眼睛。她凝视着，凝视着，热泪盈眶。

男孩也惊喜而羞怯地凝视着她。

两个人的目光，就这样对视，凝视。那是思念的目光，那是充满柔情的爱的交汇，那是我们所见过的最美最亲的对视。

心 态

在一阵热闹的歌舞节目后，第一次抽奖活动开始了，这是单位春节联欢活动中的一个重头戏。

首先抽取的是三等奖，奖品是价值 100 元的手机充值卡。为了扩大中奖面，让大家都开心，今年单位将三等奖的名额增加，近半数的员工，可以拿到三等奖。

几位嘉宾上台，各抽取 10 名三等奖。76 号、21 号、186 号……主持人开始念中奖号码。坐在我身边的女同事小赵，忽然闭着眼，口中念念有词。我以为她是在祈祷自己能中奖，就笑着和她开玩笑，你这么虔诚，一定能获奖的，下一个号码可能就是你。小赵生气地睁开眼，臭嘴，你才中奖呢，我在祷告自己不要中奖。

不想中奖？我诧异地看着她。小赵点点头，中这个小奖没意思，后面的奖，金额可大多了，我要中大奖！

三等奖的号码都报完了，如小赵所愿，没有她的号码。小赵双手压着胸口，长长地吁了一口气，喃喃自语，谢天谢地，没有我的号码。而我被小赵言中，中了个三等奖。来单位很多年了，每年都搞春节联欢，每年也都搞抽奖，这还是我第一次中奖，我很开心。我上台领取了一张手机充值卡。小赵瞥了一眼我手中的充值卡，安慰我说，虽然后面没机会了，但好歹获了个奖，恭喜你啊。我笑笑。

接着是几位同事演的一个小品，很搞笑，会堂内，笑声一片。

又到了抽奖环节。这次抽的是二等奖，奖品是价值 500 元的超市购物卡，名额只有 10 人。两位嘉宾上台，各抽取 5 名。

主持人用缓慢的语气，报中奖的名单，8 号，27 号……主持人每念出一个号码，都引起台下一阵骚动。

我扭头看看小赵，如果你中了二等奖，满意吗？小赵摇头晃脑，这个嘛，可以有了。犹豫了一下，又摇摇脑袋，也可以没有。

二等奖的名单也报完了。没有小赵。小赵的脸上，露出一丝不易察觉的失落，但很快就调整过来了，因为后面还有一个更大的奖呢。

一组歌舞节目后，到了激动人心的时刻，将要抽取三个一等奖，奖品是价值 2000 元的加油卡。

一位领导上台，从纸箱里抽出了一个号码片，看了看，又抽取了一张，再看看，然后，手伸进纸箱里，搅和了一会儿，抽取了最后一张。领导将三张卡片，交给了主持人。

台下一片静谧。坐在我身边的小赵，紧闭双眼，双手合十，嘴唇翕动。

主持人慢悠悠地念出了其中一个中奖号码，63 号！

会堂的西南角，爆发出一阵尖叫声，很显然，63 号在那块。117 号！主持人再次念出一个号码。坐在我前排的一个同事，从座位上像弹簧一样跳了起来。小赵嘀咕了一句，我是 171 号，跟我只是序号不一样，还有一个号码，一定是我，一定！这时她的脸已经憋得通红。

主持人扬扬手中的卡片，还有最后一个大奖，让我们看看，这位幸运儿会是哪位同事。他一字一顿地报出了那个号码：1—7—

有人激动地站起来，大声喊道，我是17号！主持人笑着摇摇头，很不幸，后面还有一个数字哦。

"1、1、1、1、1、……"小赵像中了邪一样，不停地念叨着。

这个幸运的号码是，172号！主持人大声地喊出了最后一个幸运号码。

小赵瞅着自己手中的号码片，将纸片捏成了团，扔在了地上。"早知道这样，还不如跟你一样，中个三等奖，好歹也是个安慰啊。"她幽幽地说。

其实，很多时候，我们的心态都一样：只要有一线机会，我们都希望自己能撞大运。中大奖，干大事，成大功，这本没什么错，可是，撞大运的几率，永远是最小的，微乎其微的。人生更多的是小幸运、小快乐、小确幸组成的，知足才可能常乐啊。

世界因我而美好一点

　　去探望一位生病的朋友。他自知生命不多，但他的脸上，没有绝望，也没有哀伤。我们在一起，回忆了很多愉快的时光。临别的时候，他笑着对我们说，他这一生，虽然短暂，没有过轰轰烈烈的壮举，但也没留下多少遗憾。来人世间走一遭，这个世界，因为有了他，而变得美好了一点点，他觉得很知足，很欣慰。

　　朋友的话，一直响在我的耳边。

　　是啊，我们大都是凡夫俗子，生活平平淡淡，一辈子也没有做过什么壮烈的事情，很平常，很平淡，甚至很平庸，但是，如果这个世界因为有了我们，而变得稍稍美好了一点，那我们就不算白来过，也就了无遗憾。

　　慈爱的父母，有没有因为有了我，而使你们多了一点安慰？从小到大，我让你们操够了心。年少时，因为调皮捣蛋，给你们惹了很多麻烦；及至长大成人，也没有让你们少费心。这些年，我的学习，我的工作，我的生活，无不让你们惦记，放心不下。像所有的孩子一样，在父母面前，我似乎总也长不大。谢谢你们无怨无悔地养育了我，总是尽你们所能，呵护着我，而我对你们的恩情，却无以回报，甚至在你们需要我的时候，都不能侍奉在侧。身为人子，我一直心怀歉疚，忐忑难安。慈爱的爸爸妈妈，我不是一个特别孝顺的儿子，但如果因为有了我，而令你们有过一点安慰，带来一点快乐，在念到我的时候，内心能漾起一股温暖的慰藉，那么，我也就不枉为你们的孩子了。

对于我的妻子，我想说，你辛苦了。嫁给我这么多年，我未能为你带来荣华富贵，甚至都无力让你生活无忧，为了生计，你不得不和我一起打拼，操持家务，孝敬老人，抚养孩子。这几年，你的白发变多了，皱纹也开始爬上了曾经俊俏的脸庞，让人心疼不已。我知道自己不是一个成功的男人，也难算一个称职的丈夫，这让我羞愧不安。我所能做的，只是每天尽量早一点回家，帮你一把，和你唠唠嗑，陪你看一集你喜爱的电视剧。亲爱的妻子，如果因为有了我，而令你感受到一丝温情，觉得生活终归还是有一点盼头的，那么，我也就不枉为你的丈夫了。

我的儿子已经去外地读大学了，孩子，自从有了你，我们这个家，就充满了笑声，你给我们带来了无数的快乐。可是，作为父亲，我深知自己做得很不够。我对你要求太严格了，你小的时候，我责骂过你，狠狠地打过你，有时候是你做错了，有时候却只是你未能按照我的意愿。现在你长大了，独自一人在异地他乡求学，从此之后，你将独自面对生活中的一切，我恐怕难以再帮上你什么了。可爱的儿子，如果因为有了我，给过你自信、坚强和支持，让你提到我的时候，有一点自豪，那么，我也就不枉为你的父亲了。

朋友们给了我友谊，给了我温暖，也给了我力量，使我在人生最痛苦的时候，也没有失却生活的信心，没有迷失人生的方向。而我给予你们的，却少之又少，我没有权势，对朋友的困难，往往帮不上什么忙；我没有地位，不能让你们因为有了我这个朋友，而蓬荜生辉。但是，我挚爱的友人们，如果因为有了我，给大家带来过笑声，我的陪伴没有让你们生厌，那么，我也就不枉为你们的朋友了。

还有一起共事了这么多年的同事们，我们朝夕相处，携手工作，同甘共苦。我没有出众的能力，解决不了什么难题；也没有什么大志向，一生也没做出什么骄人的业绩；有时候，甚至还会出一点错，捅一点纰漏，给大家带来麻烦。可是，我还算敬业，肯吃苦，不计较。敬爱的同事们，如果因为有了我，工作不单是养家糊口的手段，也不仅仅是枯燥的简单重复，而变成一个可以信赖、彼此尊重、其乐融融的环境，使你们在谈到我的时候，轻松地莞尔一笑，那么，我也就不枉为你们的同事了。

没错，我们都是普通人，平凡，琐碎，近乎微不足道，一辈子也没做出什么惊天动地的大事，我们很难改变世界，但是，这并不表示我们是可有可无的，你的价值，同样不可或缺。如果因为有了你，邻里和睦，老幼有序；如果因为有了你，开往远方的车厢里，充满了欢乐；如果因为有了你，陌生的路人，也礼让三先，会心一笑……在我看来，你就是在改变世界。

如果因为有了我，有了你，有了他，这个世界因而变得美好了一点，哪怕只是微乎其微的一点点，我们的心，亦堪慰藉。

雪地上的温暖

元旦小长假的最后一天，在返回杭州的高速上，我被骤然而至的大雪堵住了。

长长的车队，排出了几公里长。已经一两个小时了，还毫无动静。漫天的大雪仍在下着，不知道要堵到什么时候。

查了一下导航仪，最近的出口，还有十几公里；而最近的服务区，也在二十多公里之外，真是进退两难。因为毫无预备，车上没有任何食品，更要命的是，出发时灌的一杯水，也已经喝光了，又冷，又急，又饥，又渴。

我打开收音机，调到交通台。广播里反复播放着大雪封路的消息，对于高速什么时候能够恢复通行，谁也说不准。天渐渐黑了，内心的焦躁，越来越强烈。

忽然，收音机里传来女主持人激动的声音，她告诉大家，刚才有个车主给电台打来电话，说他也被堵在这条高速上，他的车上，恰好备有一些矿泉水、方便面和零食，甚至还有不少香烟。如果被堵在高速上的司机需要，可以去他的车上拿，他愿意拿出来与大家分享。主持人还通报了他的车牌号，以及所处的位置。

这真是一件好消息。根据主持人所描述的位置，这辆车应该就在我前方二三百米处。我走下车，冒着雪向前走去。

软路基上，已经积了厚厚一层雪，我艰难地向前摸索着前进。一路上，也不时有人从车上走下来，向前走去，看样子，他们也是听到了广播，去寻求援助。

前面一辆车旁，围了一群人，一看牌照，果然是电台里说的那辆。打开的后备箱旁，一个中年男人，正在向人群派发矿泉水和方便面。

我要了一瓶矿泉水。赶紧打开，喝一口，很冷，也很甜。

有人问中年男人，怎么会带这么多东西？中年男人笑着说，上次厂里搞活动多出来的，就放在后备箱了，没想到在这里派上了用场。

大家连声称谢。有人提出要付钱，中年男人连连摆手，要不是大家被大雪堵在路上，实在又饥又渴，我想送给大家，还拿不出手呢，再说，这些东西本来就不值什么钱。中年男人遗憾地说，可惜只是都是冷水，而且，方便面也泡不了，大家只能干嚼几口，勉强对付一下了。但愿路能够早一点通，大家都尽快回到自己温暖的家中。

往回走的路上，不时有人迎面走来，一边走，一边议论着，听得出，他们也是要去拿一点水，或者一点干粮的。奇怪的是，有的人手上竟然提着几瓶水，或者袋装食品什么的。好奇地问其中的一个人，他说，听到收音机了，很多人缺少水和食品，自己的车上正好有多余的，就想着拿出来，帮人一把。又不知道谁需要，不如就送到那辆车上，好集中分发给有需要的人。原来是这样。看着他们慢慢走去的背影，我的心里暖暖的。

回到车上，继续等待。收音机里，不停地播报最新的路况，也反复地告诉大家，那辆可以提供水和食品的车牌号及位置。

几个小时后，高速总算恢复了通行。在高速路上被堵了六七个小时，心情真是糟糕透了，但那瓶矿泉水，却让我感受到，雪地里的一丝暖意。

姜　汤

　　天还没黑，火车票代售点的窗口前，就已经排出十几米的长队了，还有人不断地加入进来。预售票要到第二天的十点，才开始出售。为了买到一张回家的车票，这些人将不得不在冬夜的寒风中，排上整整一夜。很多人因为第一天没买着票，只好第二天接着排。

　　毫无遮拦，冰冷的寒风，在人群中穿梭，将他们身上仅有的一点热量，刮走。

　　代售点的旁边，是一家小吃店。凌晨一点不到，小吃店的老板就起床了，生炉，点火，烧水，揉面，准备第二天一大早卖的早点。

　　这是家夫妻店。男人三十多岁，忙着在店门口点煤炉，硕大的煤炉是用来蒸包子和馒头的。树柴很快就点着了，在鼓风机呼呼的风声中，火焰腾起，热浪翻窜，男人赶紧往煤炉里添加煤块。很快烧着的煤块，发出红彤彤的火光。

　　排队的长龙，从代售点的窗前，慢慢地向火炉靠拢，贴着煤炉，拐个弯，向后蜿蜒。排在后面的人，还在往前挤着。男人直起腰，看看不知道什么时候，忽然靠近的人群，又看看排得很远的队尾，搓搓大手说，如果你们愿意的话，我店里有一二十个凳子，我将它们搬出来，排在后面的人，用凳子排队，你们都来围着煤炉，暖和暖和吧。男人的话，立即引来一片叫好声，各种各样的乡音，混杂在一起。

男人起身，将店里的凳子都搬了出来，队伍后半截的人，一人拿了一个凳子，摆放在自己站的位置，有人还从口袋里掏出空烟盒，或者矿泉水瓶什么的，摆放在凳子上，算是一个记号。一个凳子连着一个凳子，井然有序。然后，大家围着煤炉，站成一圈，又一圈，只留下一个小通道，方便男人来来回回地走动，忙碌。

男人起好了炉子，放了一只大锅在上面，烧水。然后，回到店里，开始揉面，做包子和馒头。女人包好了饺子，探头看了看店门口围着煤炉的队伍，笑了笑，转身返回店里，找出几块生姜，切成片，用碟子盛好，出门，倒进煤炉上的大锅里。

男人和女人，继续准备他们的早点。排队的人们，用各自的方言，有一搭没一搭地闲聊着。煤炉的火光，映照着一张张黑亮的脸膛。

忽然有人朝店里喊，水烧开了。女人捧着一大摞碗，走了出来，摆在煤炉边，又返身拿了一只勺子过来，挥着勺子对大家说，锅里是姜汤，谁需要的话，自己盛一碗喝。有人问，多少钱一碗？女人用夹杂着乡音的普通话笑着说，除了几片生姜，就是白开水，收什么钱？短暂的沉默后，人群中响起一片感谢声，还是各种各样的乡音，混杂在一起。一个人走过去，盛了一碗，递给了旁边的一个中年妇女，又盛起了一碗。一碗碗热乎乎的姜汤，在人群中传递。

锅里的姜汤差不多盛完的时候，男人也做好了包子和馒头，一笼笼地架在大锅上，重新加满水，开始蒸。很快，白色的热气，在夜色中升腾，向四周飘荡。

　　天快亮的时候，小吃店迎来了第一个客人。随着天色放亮，越来越多的人，走进小吃店。小吃店热闹起来。排队的人们，自觉地离开煤炉，重新在代售点前排成长队。

　　终于开始卖票了，排队的人们，一个紧挨着一个，焦急而缓慢地向售票窗口移动，谁也不能确定，轮到自己时，还有没有车票了。从售票窗口走出的人们，又一个接一个走进小吃店，吃一碗面条，或者来两只包子。小吃店的男人，会笑着用乡音问他们，买到回家的票了吗？有人激动地点头，有人无奈地摇头。但他们都会用各自的乡音，对男人说一句，谢谢你家的姜汤。

我闯过的红灯

对天发誓，没有一次是故意的，但我确实闯过很多次红灯。

一次，正在开车时，手机响了，是一个熟悉的号码。开车不能打电话，我懂。所以，电话我没接。过了一会，手机又响了。还是同一个号码。手机一直执着地响个不停。看样子，对方有急事。我接通了电话。是个朋友。也没什么急事，就是想和我聊聊天。我一边开车，一边和他穷聊起来。开过一个路口，身后突然闪了一下，下意识地抬头一看，红灯！光顾着和朋友聊天了，完全没有注意到信号灯。

如果看到信号灯，我是绝不会闯的。在接受处理时，我对执法的交警说。但这丝毫也不能改变我闯红灯的事实，我第一次被处罚了。

从此之后，我小心多了。开车的时候，全神贯注，专心致志，不打电话，不和同车的人聊天，也绝不走神，胡思乱想。有次，去一个陌生的城市，过一个路口时，看到前方绿灯是亮的，我就径直开了过去。正在值勤的交警，将我拦了下来，威严地对我说，你闯红灯了。怎么可能，我明明看到是绿灯啊。交警指指信号灯，你看到的绿灯，是另一个方向的信号灯，而你直行的这条路，还是红灯。我看了看，原来这是一条多条道路交汇的复杂路口，信号灯各有所指，确实是我没看清。

如果说这次是因为对路况不熟，而误闯了红灯，那么，另一次闯红灯，却是栽在了熟悉的家门口。出了小区，就是一个小路口，这个路口，以前的信号灯一直是闪烁的黄灯，没有红绿灯。过这个路口时，全凭驾驶员自己两边观察。那天，我驾车驶出小区，经过这个路口时，照例习惯性地两边看看，见没有车，也没有行人，便直接开了过去。一道闪光。被拍了。抬头看见，前方赫然亮着红灯。不知道从哪天开始，闪烁的黄灯，改成红绿灯了。

事后想想，这次闯红灯，感觉可真有点冤枉啊。当然，这还不是最冤枉的。一天，在市中心的道路上行驶，因为城区道路限速，我开得很慢。在我的前面，是一辆公交车。公交车也开得很慢，我慢腾腾地跟在后面。过一个路口时，因为视线被硕大的公交车挡住了，看不见信号灯。见公交车开了过去，我也紧跟着开了过去。交警不客气地将我拦了下来，闯红灯了。我委屈地对交警说，我不是有意闯红灯的，而是被公交车遮挡了视线。交警同志说，这不能成为你闯红灯的理由，之所以被挡住了视线，是因为你与前车没有保持足够的安全行车距离。

最憋屈的一次闯红灯，发生在不久前。路口遇红灯，我老老实实停在了停车线前。我知道这个红灯时间有点长，便打开手机，阅读微博，看看有没有什么新消息。正埋头看得起劲，突然，身后传来急促的喇叭声。我以为是绿灯亮了，后面的车在催我呢，于是，不假思索地一踩油门，冲了出去。但是，天啊，还是红灯！就这样，我无缘无故地闯了一次红灯。

这就是我闯过的红灯。天地良心，我真的没有一次是故意的，从未明知是红灯，而闯过去。但我又千真万确，闯了很多次红灯。我一遍遍试图说明，我是无辜的，欲为自己寻找理由开脱，但最终都徒劳无功，因为闯红灯，我一次次受到了应有的惩罚。

规则就是生命线。很多时候，我们以为自己只是一时疏忽，麻痹大意，而违反了规则，突破了底线，闯了法律的红灯。及至铸成了大错，酿成了苦果，才痛心疾首，悔之莫及。

唯心中时刻亮着一盏红灯，不急躁，不莽撞，不旁骛，不贪婪，不逾矩，不心存侥幸，人生的路，才可能会绿灯常亮，畅通无阻。

"全科"民工

散步时，碰到对面楼的老王，急匆匆地往家赶，身后跟着另一个熟悉的身影——小区门口小卖部的胡师傅，背着那只小区人都熟悉的沉甸甸的大挎包。一看就知道，老王家肯定又遇到什么难事了。一问，果然。老王家的老太太正在做饭，下水道突然堵了，水池里积满了水。老王自己没捣鼓好，赶紧喊胡师傅去救急。

胡师傅也冲我笑笑。我认识他。小区里的人，大多他都认识。

我也找胡师傅帮过忙。有一次，我出差在外，忽然接到妻子电话，家里的电没了。找了物业，物业说电工下班了，要明天上班了才能来检查。大热的天，没有了电，家里成了火炉。妻子像热锅上的蚂蚁，准备领着儿子去附近的酒店开个房间，对付一晚。我忽然想起了胡师傅，手机里存着他的号码，打过去，胡师傅正在帮另一户人家修补地漏，听说了我家的情况后，答应马上过去看一下。半个小时后，妻子打来电话，告诉我胡师傅来过了，弄好了，是保险跳闸了。妻子还告诉我，胡师傅说只是举手之劳，因而死活不肯收费。回去后，我给胡师傅带了点外地的土特产，向他表达感谢，胡师傅推辞了半天，才肯收下。

胡师傅并非修理工，只是在小区门口开了家小卖部，不知道是谁第一个发现了他的修理才能，而他又总是乐于帮忙，很快，他的名声，就在小区传播开了。谁的家里有了小难题，都会去央他帮个忙。听说，他年轻时，在老家学过几年木匠，后来进了城，在工地上打了几年工，干过老本行木工，又跟着别人学会了泥工活和电工活，居家过日子的那些小毛病，他基本上都能够手到擒来。小区人都亲切地喊他"全科"民工。

小区里的物业，有电工、木工，也有管道工，还有泥水工，但是，他们也朝九晚五地上班，等到居民们下班回到家，发现家里出了什么小问题，找物业的时候，他们的工人也已经下班了，只留下一两个值班的，如果值班的是个木工，对漏水、停电什么的，他就爱莫能助了。大家不爱找物业，其实还有一个很重要的原因，收费高，而且态度不大好。胡师傅不一样，全天候，全能，收费很低，就是个辛苦费，而且特别热情，即使他自己修不好，他也会帮你联系其他工友，直到问题解决。

有人跟胡师傅建议，你干脆别开小卖部了，开个家政服务部吧。胡师傅摇摇头，坚持开他的小卖部，当然，也继续为居民们帮忙。离小区不远，就有一家大超市，不过，油盐酱醋、香烟瓜子什么的，只要胡师傅的小卖部里有卖的，大家都愿意上他那儿买，也算是回报他。夏天的时候，他也卖西瓜，卖啤酒，打个电话，他就送货上门。

不光会修理，别的忙，只要你向他张口，胡师傅也一概乐意帮。小区里有对年轻夫妇，养了一条宠物狗，一次，小两口要出去旅游，小狗成了问题。本来可以寄养在宠物店，但他们担心关在笼子里，会扭曲了小狗的性格。于是他们找了胡师傅帮忙。胡师傅答应了。小两口把家门钥匙交给了胡师傅，胡师傅每天早晚去喂点吃的，弄一下卫生，再带小狗出来遛几圈。一个星期后小两口回来了，小狗和胡师傅已经建立了很深的感情，每次出门溜达，路过胡师傅的小店，都非得进去，和胡师傅亲热一番，才肯离开。

"全科"民工胡师傅，也闹过一场风波。有一次，有个居民钥匙丢了，家里其他人也都正好没带钥匙，怎么办？急得团团转的居民，找到了胡师傅。胡师傅背着他那个百宝囊般的工具包，赶来了。没想到，七弄八弄，"啪嗒"一声，门锁竟然开了。胡师傅还有开锁这一招，"全科"民工又多了一科。可是，很快大家又觉出了异样，胡师傅能开锁，那就是说，他可以轻而易举地进入任何一户人家？自那以后，胡师傅再也没帮人开过锁。

现在，大家还是习惯找胡师傅，他也总是乐呵呵地帮忙。一次和几位朋友闲聊，我骄傲地介绍了我们小区里的"全科"民工胡师傅，为大家帮了很多忙。孰料，几位朋友笑呵呵地说，他们居住的地方，也都有类似的外地民工师傅，懂很多手艺，能解决很多小问题，帮了附近居民很多忙，只是他们的名字不同，有的叫张师傅，有的叫李师傅，有的叫王师傅。

我明白了，在我们周围，有一张张这样的面孔，他们来自偏远的乡下，通过双手创造了自己的生活，也改变着我们的生活。他们是我们的邻居。

把最好的给你

　　单位食堂有两个打饭窗口，两位阿姨各负责一个，打饭卖菜。

　　每天到了开饭时间，两个窗口前，就会自觉地排起两条长队。两个窗口的菜完全一样，两个阿姨打菜的进度也差不多。刚开始的时候，到食堂就餐的人，往往是看哪边的队伍排得稍短些，就站在哪个队尾。有些心急的人，还会细心地点一点两边的人头，以选择站在哪个队伍中，仅仅是为了前面少一两个人。可是，慢慢地，情形却悄悄地起了变化，左边窗口前排的队，总是要比右边的那个队，长出很多，很多人好像都犯了傻，宁愿选择左边的长队，也不去右边短的那条队。有时候，明明右边已经没人排队了，可以马上打饭买菜，大家好像忽然又并不急于就餐了，而是选择站在左边的队伍中，宁愿饿着肚子排队等待。

　　打菜的两个阿姨，都是食堂聘用的农民工，年龄差不多，态度都很和善，饭菜的分量也几乎没什么区别，都是一份菜一勺子，不多不少正好填满饭盆的菜格子。那么，为什么很多人会选择左边的窗口呢？

原因在于一个很微小的细节。右边窗口的阿姨，打菜的时候，一勺子下去，简单、干脆、利落，火候把握得很好，每次的分量，基本上不多不少，不偏不倚，偶尔分量多出了一点，她也不会扒拉回去。而左边的阿姨，则是将那一勺子菜一分为二，先打半勺子，再打半勺子。区别就在于后半勺，很多人就是冲着它来的。比如食堂里最拿手的一道菜红烧肉，男同事一般喜欢肥肉多一点，而女同事往往更喜欢瘦肉。左边的阿姨打菜前会先看看客人，再给你打那后半勺子，喜欢肥肉的，就给你拣几块肥腻的；喜欢瘦肉的，就给你挑几块连肉带骨头的。再比如食堂里经常做的一道菜西红柿炒鸡蛋，有人偏好鸡蛋，有人喜好西红柿，没关系，左边阿姨那后半勺，会根据你的偏好打给你。

同样一份菜，于是便有了细微的区别，正是这点小小的不同，使每个人盆中的那道菜，有了完全迥异的滋味，这份滋味，不仅在于盆中那份菜有多少差别，而是那份心。左边阿姨自己说的好，我就是想把最好的给你们。有人担心，这样打菜，会不会因为大家的偏好，而令有的菜剩下来？事实上从来也没有出现过这样的情况，一方面是因为有那前半勺子垫底，另一方面是大家的胃口，本来就是不尽相同的。

把最好的给你，这是一位食堂阿姨的打菜经验，也是她的做人之道。

还有一个异曲同工的事例。小区附近，聚集了一些挑担子卖水果的流动小商贩，沿着小区外的道路一字摆开。听口音，这些小商贩，都是来自同一个地方，所卖的水果，也经常是一样的，估计都是从一个市场批发来的。橘子黄时卖橘子，苹果熟了卖苹果，枇杷上市的时候卖枇杷。我常来此买水果，方便，新鲜，价格公道。而且，我基本上只在那个头上扎着花布头巾的大婶那儿买。买水果的人大都有个习惯，喜欢挑挑拣拣，可惜，我不大会挑选，特别是对一些刚上市的，或者不常吃的水果。因此，每次上她那儿买水果，都是她帮我挑。拿起一只水果，前后看看，放进塑料袋，或重新放回水果担子里，然后，再拿起另一只。每一只都是她细心地挑选过的，神情专注，倒好像她不是卖水果的，而是来买的顾客。我虽然不大会挑选，但我看出来了，她挑给我的，都是她的水果担子里最好的，从来没有在她挑给我的水果里，发现坏的，烂的，质次的。

她的生意，比其他几个小商贩，明显好出了很多。不独对我，对每一个来她这儿买水果的，她都会极细心地帮他们挑选，挑的也都是担子中又大又好的，而且绝不会像有的小贩子，乘人不备顺手塞进一两只品相不好的。她总是将自己水果担子中最好的水果，挑选给顾客。

有一次，我忍不住好奇问她，你把好的都挑给我了，剩下来的不是难卖了吗？听了我的话，她憨憨地笑着用方言说，不会啊，俺从市场批发水果的时候，都是挑好的，偶尔有些不好的，俺在家里已经先筛选过了。可以说，俺担子里的水果，都是好的水果，只不过，俺将最好的水果挑给你了。

我恍然大悟，对啊，她只是把最好的挑给了眼前的顾客，换句话说，无论你什么时候来她这儿买水果，你所买到的，都是她的水果担子里最好的水果。

永远把最好的给你，这是多么朴实，又是多么深奥的处世之道啊。

一个人的美德无关他人的态度

办公室内，大家为一件事激烈地争执。

事情的起因，是一位同事孩子的遭遇。同事的孩子还在读小学。暑假的一天，小家伙在去新华书店的路上，遇到了一个怀抱孩子的年轻女人。年轻女人先是问他路，怎么去火车站。小家伙热情地为她指点，从哪里坐哪路公交车，就可以直达了。问完了路，年轻女人又面露难色地对他说，自己是外乡人，来杭州旅游的，但是钱包被人偷了，能不能给她点坐公交的零钱？

同事的孩子听了年轻女人的故事，从口袋里掏出钱包，看了看，里面正好有几枚硬币。小家伙毫不犹豫地将硬币全部拿给了年轻女人。年轻女人连声称谢，夸他是个善良的孩子，眼睛盯着小家伙的钱包。小家伙的钱包里，还有几十元的纸钞，是妈妈刚刚给他，让他自己到新华书店去买书的。

小家伙准备将钱包放回裤兜里，忽然想起了什么，主动问年轻女人，阿姨，你的钱包被偷了，那你到了火车站，怎么买票回家呢？

年轻女人一脸无奈的样子，到了火车站，再说吧。

小家伙迟疑了一下，再次打开钱包，将里面的纸钞也都拿了出来，递给女人说，阿姨，这是我准备去买书的钱，送给你吧。

年轻女人显然没想到，孩子会主动把钱包里的钱，都拿出来给她。她犹犹疑疑地接过了小家伙递过来的钱。

同事的孩子似乎还是有点不放心，对她说，要是这钱不够买车票，我可以打电话让爸爸过来，我爸爸的单位就在附近。

年轻女人一听，连连摆手，不用了，不用了。谢谢你啊，小朋友，你真是一个好孩子。一边说，一边匆匆地抱着孩子，离开了。

没钱去新华书店买书了，同事的孩子来到了爸爸的单位。他的爸爸，是我们的同事。

孩子简单地向爸爸讲述了事情的经过。爸爸耐心地听完了孩子的讲述，赞许地摸摸孩子的头，又拿出几十元，给了孩子，让他继续到新华书店去买书。孩子拿上钱，开心地去新华书店了。

孩子一走，办公室里就炸开了锅，激烈地探讨起来。

一位同事语气坚定地对孩子的爸爸说，你的孩子被骗了，那个怀抱孩子的年轻女人，经常在那一带行骗，假装钱包被偷，回不了家，向路人要钱。要的不多，就三五块钱，所以，不少人会上当。另一位同事附和，没错，这是一个笨拙的骗术，晚报上还报道过。

孩子被骗了，这一点大家基本意见一致。争论的焦点是，要不要告诉孩子真相？

一种观点是，必须告诉孩子真相，以免他下次再上当受骗。

另一种观点却是，不宜告诉孩子，否则，孩子的善心会受到严重伤害，而且，今后他就不会随意相信他人了。

各执一词，都挺有道理。

让我惊讶的，是孩子爸爸的态度。他说，听完孩子的讲述，他就大致有了判断，孩子可能是遇到骗子了。但他没有对孩子说穿，原因很简单，那会挫伤孩子的善心。再说，也可能那个女人，真的是遇到了困难。他说，他这个孩子，身上最宝贵的，就是善良。从小，只要看到乞讨的人，无论是老人、残疾人，还是壮年，他都会停下来，将自己的零花钱拿出来给人家。他曾经试图告诉孩子，有的人是真的不能自食其力，靠乞讨为生，有的人却是因为好吃懒做，才流浪街头的，因此，要看具体情况才能决定，不然，你的爱心，可能就被人欺骗了，或者利用了。没想到，孩子歪着脑袋反问他，我怎么分得清呢？而且，我帮助他们，是因为我善良，与他是什么样的人，并没有什么关系啊。

同事感慨地说，孩子给他上了一课。善良是我的孩子的天性，我希望孩子保持这颗善心，成为他身上的一份美德。而一个人的美德，是出自于他真诚的内心，不需要回报，也无关他人的态度。

同事的结论是，如果当时他在场，他也不会阻止孩子帮助那个女人。即使那个女人可能是个骗子。他说，确实有些人靠博取别人的同情心而行骗，但是，相对于孩子的善心来说，纵使有那么几次，帮助了不该帮助的人，损失了一点点金钱，但是，让孩子保持一颗善良之心，远比这点损失，重要得多。

我赞同他的观点。美德是这样一种品质：我善良，不因为你不友善，我就不再善良；我尊重你，不因为你傲慢，我就不尊重你；我真诚，不因为你虚伪，我就不再真诚；我心怀美德，不因为你心存恶念，我就丧失美德之心。真正的美德，是发乎内心的，没有附加条件的。

地板上的月牙儿

头发理好了。镜子里的我，显得精神多了。我满意地朝理发师点点头。

我准备站起来，理发师却示意我再等等。以为他觉得哪里不如意，还需要修剪一下。为客人理发，他总是丝毫不马虎，不论是生客，还是熟客，这也是我定点在他这儿理发的原因。我笑着说，可以了。他换了一把细细长长的剪刀，对我说，你有几根白头发，我帮你挑出来，剪掉。说着，左手将我的头发扒开，理顺，轻轻地挑起一根，右手握着剪刀，小心翼翼地伸到发根，剪断。

1根，2根，3根……，一共找到了19根白发，都帮我从发根剪掉了。他又仔细地用手将我的头发都扒拉了一遍，确认没有白头发了，才拿起梳子，帮我将头发重新梳顺。一边梳理，一边跟我讲着平时怎样护理头发。从镜子里看到他，神情专注，熟练，从容，像做着一件大事似的。

这是小区里的一家社区理发店，门脸很小，只有他一个理发师，也只有一张椅子。虽然离家近，但以前我从没有进去理过发，总感觉这样的小理发店，是专门为社区里的老人们服务的。我都是在小区外的一家大理发店理发。直到有一次，因为急于参加一个活动，来不及去那家大理发店了，我才第一次走进他的小店。没想到理发师的手艺非常棒，剪出来的发型很适合我。价格也公道，理一次发，只要十元钱。

再次去他的理发店理发时，他正忙着为另一个客人理发。我坐在一边等待，这才留意了一下他的小店，狭小，干净，设施非常简单，唯一可以称得上精致的，是地上铺着的暗红色的实木地板，与一般理发店黑白相间的地砖，显得很不同，让人感觉古朴而温暖。他低着头，专注地为客人修剪着头发，不时围着椅子，移动脚步。当我的目光落在他的脚上时，惊讶地看见，椅子后面的地板，因为他的脚踩来踩去，红漆被磨光了，露出了木头的本色，样子看起来就像镶嵌在暗红色地板上的一个白色月牙儿。

在帮我理发时，我和他聊了一会。他告诉我，从这个小区建立那天起，他的这个小店就开张了，至今已经快二十年了，小区里的不少老住户，都是在他这儿理发的，有的孩子刚出生时在他这儿剪的胎毛，如今都长成大小伙子了。难怪椅子后面的地板，都磨出了木头的本色。我让他看看自己的脚下，他低头瞅了瞅，忽然憨憨地笑着说，地板都磨白了。我说，那是你踩出来的月亮呢。

地板上的月牙儿，那是一个理发师十几年的舞台。想象着一个人长年累月，就围着一张椅子转动，工作，那是怎样的一种寂寞，又是怎样的一种境界啊。月亮升起来了，理发师也从意气勃发的青年，步入了蹒跚的中年。

每次去菜市场买菜，我都会上唐师傅的肉铺，买点猪肉或排骨。

不为别的，就因为唐师傅卖的肉，安全、公道，决不会有病猪死猪。一年三百六十五天，除了每年大年初一这一天关张外，唐师傅的肉铺，天天都会营业，而唐师傅总是站在他的肉铺后面，笑眯眯地迎接着每一位顾客。

唐师傅的肉铺上，有一个硕大的砧板，厚度足足有一尺半，是最好的蚬木做的，样子不像是个砧板，更像是一个敦敦实实的圆木桩，靠里的一侧，深深地凹陷下去。有一次和唐师傅闲聊，他告诉我，二十多年前，父亲特地去广西，给他买回来的，那时候他刚刚高中毕业，高考落榜了，心灰意懒地跟着父亲一起在菜市场学卖肉，这个砧板，就是父亲送给他的礼物。当时，这个砧板高度有六十公分厚。唐师傅一边为我剁骨头，一边有点自嘲地说，没想到，这一干就是二十多年，如今儿子都读大学了，那么厚的砧板，也被我剁掉一小半了。

唐师傅挥舞着厚实的砍刀，在砧板上一刀刀剁着，坚定，干脆，有力，手起刀落，骨头被剁成均匀的块状。

忽然想，这块砧板，不就是唐师傅的舞台吗？砧板一点点凹陷下去，岁月一点点流逝，砧板挑起了唐师傅一家的生活，也支撑着唐师傅的希望。

对我们很多人来说，人生的舞台，也许就是一张理发椅，一块厚实的砧板，或者一台缝纫机，一面黑板，一个方向盘，一只电脑鼠标，一亩土地，一把瓦刀……，我们一生中的很多时间，就是在它们面前度过的。舞台如此之小，微不足道，但是，只要稍稍留意，你就会发现，那里面一定有一个人的青春和岁月的痕迹，一定也呈现出了一个美丽的月牙儿。

正是无数个这样的小舞台，才搭建成了人生的大舞台，社会的大舞台。

多一句话

从医学院一毕业，他就进了父亲的诊所，成了和父亲一样的乡村医生。

父亲的诊所，方圆十里八乡都很有名，每天就诊的人，排成长队，也没几个人愿意到几步之遥的卫生院去看。医药费便宜，是它最大的特色。在市医院看一次腹泻，得百十元，到父亲的诊所看，十几元就药到病除。从他进诊所的第一天开始，父亲就谆谆告诫他，诊所是为乡邻们开的，不以盈利为目的，在任何情况下，都不能开大处方。他将父亲的话牢记在心。

他进诊所，是被看作来接父亲的班的，父亲年龄渐大，一天看几十个病号，已经吃不消了。而他本可以像他的同学一样，选择进大医院，薪水一点也不比诊所的低。父亲是当年被打成右派，从城里的大医院下放到这里的，在他们家最困难的时候，得到了淳朴的乡亲们的照顾和庇护，所以，后来父亲被平反后，坚决地放弃了回城的机会，在乡里扎了根。他对那段艰苦的生活，也有记忆。正是出于同样的感恩之心，他也选择了回乡。他成了父亲得力的帮手。

诊所只看一些普通的病症，诸如感冒、腹泻、炎症之类。如果病情复杂，他们会立即建议病人上大医院诊治，以免延误。对他来说，这可谓小菜一碟。读大学时，他就成绩优异，兼之每年寒暑假都能在父亲的诊所里实习，可以说，他的医术已经一点也不比父亲差。而他看过的病人，也确实都很快痊愈了。然而，奇怪的是，来看病的人，大多仍然会选择让父亲看。有时候，看到对面父亲的诊室前排着的长队，而自己门前病人稀稀落落，他会涌起一股莫名的失落感。

老父亲似乎也注意到了这个现象，他查看了儿子的门诊记录，没开过大处方，药方也都是正确的；儿子看病时的态度，问诊周到，热情友善，也没毛病啊。不过，在连续留意几天后，老父亲还是发现了问题，老人决定让儿子陪自己门诊几天。

他坐在父亲身边，观摩父亲诊治。对待每一个病人，父亲详细问诊，把脉，察看舌苔，摸腹，然后给病人开处方。他特别留意了父亲所用的药，与他的判断，几乎一致，根据病人的病情，他也会开出这个药方的。一切似乎与自己的诊治，都没有什么差别啊。

老父亲也不着急，只顾自己和平时一样，一个接一个看病。一个姑娘，陪着一位老人来看病，肠胃不舒服。老父亲仔细问诊检查后，确诊是消化不良。开好药，老父亲对老人说，老哥，我刚刚检查了你的咽喉，你还有慢性咽炎啊。老人连连点头，是啊是啊，难怪经常感到喉咙不舒服，你也给开点药吧。老父亲摇摇头，慢性咽炎重在保养，你一定抽烟吧？听我一句话，把烟戒了。烟不戒，吃什么药，你的咽炎也好不了，会反复发作的。默默地站在一边的姑娘忽然激动地插嘴说，爷爷，你听见了吧，医生都让你戒烟，你就是不信。

老人看看姑娘，又看看医生，憨憨地说，是得戒了，戒了。姑娘搀扶着老人站起来，笑着对老父亲说，医生，谢谢你，你的话他听。

看着这一幕，他猛地一震。自己每次看病，都是开完了处方，就急着看下一个病人，根本没时间再和病人交流，而老父亲似乎总会比自己多说那么一两句话。这一发现让他惊喜不已，他继续坐在父亲身边，观摩父亲看病。下一个病人牙痛，老父亲检查后，确定是牙周炎，老父亲开好药，问病人，是不是喜欢吃咸货？病人直点头，最喜欢吃腊肉和咸菜了，每年冬天，家里都会腌很多咸货，一直要吃到夏天呢。语气里透着满足和自豪。老父亲摇着头说，咸货开胃，但吃多了，有害健康，还是少吃点吧。病人捂着腮帮子，点点头，电视上也这么说呢，听你的，今年就少腌点咸货。

几天的陪诊结束了，儿子回到了自己的诊室。一位年轻妈妈领着孩子走了进来。孩子肚子疼。化验单显示，孩子肚子内有蛔虫。他很快就开好了药方，递给孩子妈妈。然后，他拉过小孩的手，看了看他的指甲，笑着对小孩说，你看看，你的小手指甲太长了，里面藏着好多小虫呢，一不留神就跑进了你的肚子里，记得要多洗手，常让妈妈剪指甲哦。男孩腼腆地低下了头，妈妈弯腰对孩子说，听到了吧，医生叔叔的话，是不是跟妈妈讲的一样？男孩看看他，又看看妈妈，点了点头。

他微笑地目送年轻妈妈拉着孩子的手，离开。他的心里暖暖的。又一个病人走了进来。

卖莲蓬的小姑娘

同事放下电话，对我们说，请大家帮帮忙。

问缘故。同事说，刚刚朋友打电话来说，放暑假后，朋友上小学三年级的女儿，想磨练磨练自己，于是，昨天从市场上批发了一小袋子莲蓬，自己摆摊卖。同事的朋友偷偷在一边观察，小家伙的摊子已经摆了快一个小时，还没有卖出一个莲蓬。小家伙第一次练摊，如果卖不出去的话，打击会很大，所以，想请大家帮个忙，去买上一两个，给孩子一点信心。同事说，小姑娘认识他，自己去买的话会穿帮，只好请我们帮忙。

农贸市场离单位不远，中午休息的时候，我打头阵，去买莲蓬。

正午的太阳，很毒。虽然只有两百多米，走过去已汗津津了。远远地看见，农贸市场大门一侧的树阴下，坐着一个小姑娘，面前摆着两摊绿绿的莲蓬。应该就是同事朋友的女儿。

慢慢走过去。路上的行人不多，小姑娘眼巴巴地盯着每一个路过她身边的人。有人扭头看一眼，迟疑了一下，又加快脚步，匆匆走了。小姑娘失望地看看他的背影，又把目光移向下一个行人。

小姑娘看见了我，眼神里充满了期待。不想让她看出我是特意来买莲蓬的，因此，我装作没看见，顾自径直往前走。从小姑娘身边经过的时候，我几乎能听见她屏住的呼吸。走过几步，我突然返身，走到小姑娘的莲蓬前。小姑娘喜出望外地看着我。我蹲下身，问她，莲蓬怎么卖？小姑娘激动地指着左边的莲蓬说，这个小莲蓬，1元钱1个；又指指另一边，这个大一点，3元钱1个。

我各拿起一个莲蓬，比划了一下，一个比另一个只是稍大一点。我对小姑娘说，你看看，这个大不了多少，却要比另一个价格贵一倍，是不是有点不合理？小姑娘羞涩地笑着说，这是我自己分出来的，如果你真想买的话，大的小的都是1元钱。我也笑了，这样的话，别人会只买大的，小的就卖不出去。我给你出个主意，小的还是1元钱1个，大的2个3元钱，你看怎么样？小姑娘高兴得拍着手，叔叔，你这个主意好，就听你的。我掏出5元钱，买了2个大莲蓬，2个小莲蓬。小姑娘拿出一个小塑料袋，高兴地帮我装了起来。

买好了莲蓬，我并不急着走，继续和小姑娘聊。我问她，这些莲蓬批发来花了多少钱？小姑娘擦了一把脸上的汗珠，告诉我，一袋子22元，回家数了数，总共36个，其中大一点的14个，小的22个。顿了顿，小姑娘兴奋地说，如果都能卖出去的话，那就是43元，这样的话，我就能赚21元。

小姑娘一激动，把她的商业秘密全说出来了。我问她已经卖出去多少了？小姑娘有点沮丧，从早上卖到现在，才卖掉3个小的，不过，加上你刚才买的4个，总共7个了。我好奇地问她，如果都卖掉的话，你赚到的这笔钱你打算做什么？小姑娘眨巴着眼睛，只有21元，能干什么呢？我可以加上自己攒下的零花钱，给妈妈买一件礼物。小姑娘告诉我，以前每天爸爸都会给她 10 元零花钱，但她总觉得太少了，有的同学家长一天给二三十元零花钱呢。今天自己卖莲蓬，才知道爸爸妈妈其实挣钱很不容易的。小姑娘一边说着话，一边用折叠扇，对着莲蓬扇。我笑着问她为什么对着莲蓬扇？小姑娘笑着说，这样它们凉快一点啊。小姑娘晒得红扑扑的脸上，细汗涔涔。

回到单位，我将莲蓬分给同事们品尝。剥下一颗莲子，送进口中，清香，微甜，苦苦的芯子。我们议论着小姑娘卖莲蓬的事情。其实，那些莲蓬最终能不能卖得出去，对她来说，都是一次难得的人生体验，这可能是她离真实的生活最贴近的暑假。

第二位同事准备出发，去买莲蓬了。小姑娘不会知道这一切，这是成长的秘密。

干 净

工头指指身后的中年人，对他说，经理，这是我们最好的水电师傅了，姓黄。他一定能帮你修好。

他看了一眼，没见过，不过见过也记不得，工地上成百上千的工人，他哪能都记得啊。再说，工地上的工人个个都是灰头土脸的，连工头有时候都分不清谁是谁。他说，那好，黄师傅，我们走吧。

岳父家的下水道又堵了，弄得家里水漫金山，臭气熏天。接到电话后，他赶紧让工头找个水电工，去帮他处理下。

他打开了车门。

黄师傅拎着一个皱巴巴的工具包，跟在他身后，犹疑地说，经理，我身上太脏，你告诉我地址，我还是自己骑车过去吧。

没事，快上车，家里水管还在往外冒水呢，来不及了。他说。

黄师傅扭扭捏捏地上了车，欠着身坐下，两只腿，紧紧地蜷缩在一起。也不知道是热的，还是紧张的，黄师傅的脸上，全是汗水，黄师傅用手背一抹，本来又黑又灰的脸，变得更花了。

他从后视镜上瞄了黄师傅一眼，一踩油门，向岳父家开去。

真是越急越乱，半路上，小车的后胎爆了。他无奈地将车停靠在路边。

只能打的了。

可是，这条路上几乎没什么出租车，偶尔经过一辆，还是有人的。他焦急地四处张望，不远处有个公交站，他走过去一看，线路经过岳父家附近。正在这时，一辆公交车，缓缓驶了过来。

于是他和黄师傅，一起跳上了公交车。

车上乘客不多，还有几个空座位。他找了一个双排的空位子坐下，正犹豫着要不要喊黄师傅过来坐，黄师傅已经在他前面的一个空位子上，坐了下来。他松了一口气。刚才在小车里，他就闻到了黄师傅身上很重的汗馊味。

随着车子的颠簸，他微微打起了盹。虽然不必像黄师傅们那样日晒雨淋，但他这个项目经理，其实也是蛮辛苦的。

车子里忽然嘈杂起来。是一个大站，上车的乘客很多。车厢里骤然挤了起来。

"妈妈，好挤啊。"一个小女孩的声音。

他循声看过去，在他前方，是个四五岁的小女孩，被人群挤压到座椅边，一只手紧紧地拽着妈妈的衣角，倾斜的身子似乎随时会摔倒的样子。他有点迟疑，心想要不要站起来，给这对母女让个座。

坐在前面的黄师傅忽然站了起来，"小姑娘，你来坐吧。"

小女孩的母亲看了看黄师傅，又快速瞄了一眼黄师傅坐过的座位，坚定地摇着头，"不好意思，我们马上就到了，我们不坐。"

说着，一把拉住正准备往黄师傅的座位上坐的小姑娘，向后车厢挤去。

黄师傅尴尬地站着，扭头看着小女孩，不情愿地跟着妈妈向后挤去。

他和黄师傅的目光，不经意地撞在一起。黄师傅难为情地低下了眼帘，闷头又坐了下去。

到站了。下车的时候，他惊讶地看见，小女孩和她的妈妈，还挤在车厢的过道上，她们没有下车。

黄师傅拎着工具包，跟在他身后，向他岳父家走去。

上楼的时候，黄师傅忽然自嘲地对他说，汗味太重了，连坐过的座位人家都不肯坐。

他重重地拍拍黄师傅的肩膀，什么也没说。

第二天，他就让工头在工地上，建了一个淋浴池。这笔经费，预算里没有，也从来就没有过。他已经想好了，如果公司不肯出这笔费用，他就从自己的承包奖里支出。

他觉得，自己做不成什么大事，但至少可以让自己的工人能够干净一点、体面一点地走出去。

孩子，希望和你一起分享人生记忆

　　他是一位继父。儿子十五岁了，正是最调皮、最顽逆、最不听话的年纪。突然来到一个新家庭，儿子处处表现出不配合的姿态：让他往东，他偏要朝西；喊他一家人一起看会儿电视，聊聊天，放松一下，他声称没兴趣，要看书；就连吃饭，他都故意拖延时间，经常以作业还没有做完的理由，不肯上饭桌。他心里很清楚，这是孩子不接受他，不愿意和他待在一起呢。

　　她心疼地安慰他，等孩子大一点，懂事了，也许就好了。

　　他摇摇头，他不想等。

　　儿子喜欢踢足球。小区里有一片开阔的草地，儿子经常一个人去那儿练练脚。儿子在这个新小区，还没有一个认识的同龄人，没有同学，也没有朋友，一个人孤单地在草地上奔来跑去。这时他出现在了草地上。儿子的球飞了过来，滚落到他身边，他抬起脚，将球准确地踢了回去。儿子这才看见了他。他示意儿子，将球再踢过来。儿子瞄了他一眼，脚带着球，却顾自跑向草地的另一角。他苦笑一下，追过去，试图和儿子抢球。儿子又不耐烦地带球跑向草地的另一角。他跟在后面，一边跑，一边说，我陪你练练吧。不需要！儿子断然拒绝。他还是执着地跟在儿子的后面奔跑。他终于抢到球了。儿子扑过来，一个横扫腿，没扫着球，却重重地踢在了他的小腿肚上。他立马痛得跌坐在地。儿子扭头看看头。他以为儿子会伸手拉他一把，没想到，儿子却抱起球，径直回家去了。他一瘸一拐地跟在后面。后来他的腿肿了好多天，她大骂儿子，他替儿子辩解，是自己不小心。其实，他心里清楚得很，儿子是故意踢他的。

　　过了一阵，儿子向妈妈提出，想学游泳。这正是他的强项，小时候，他就是在水塘中泡大的。他主动对儿子说，我来教你吧。儿子不屑地说，那我不学了。没办法，他为儿子在培训学校报了名。星期天，在他的极力游说下，一家三口去郊游。天气太热，一家人累得汗流浃背。附近有条小河，他对儿子说，我们下去游泳吧，正好看看你学得怎么样了。儿子犹疑了一下，脱了衣服，跳进小河里。他也跳下了水。此时儿子已经学会了狗刨式，"扑通扑通"地扑打着水。他想乘机教儿子几招，儿子却甩下他，向河中间游去。突然，儿子一声惊叫，只见水面上，只露出儿子忽隐忽现的脑袋和双手。他意识到，儿子可能是腿抽筋了。他奋力向儿子游去。她急得在岸上直跺脚，大喊"救命！"当他抓住了儿子的一只胳膊时，儿子一把抱住他的脖子，拼命地挣扎。儿子很胖，很重，加上不停地挣扎，只见两个人扭抱在一起向水下沉去。这时他的脖子被儿子勒住，透不过气来，已经连呛了几口水。经验告诉他，这时候最佳的自救办法，就是将儿子打昏，然后将他拖上岸。但他下不了手。即使再危险，他也不想伤害儿子。所幸，儿子挣扎一番后，可能是累了，也可能是惊慌过度，勒住他脖子的手，竟然松开了。他一手托着儿子，一手奋力划水，向岸边游去。他们得救了。

回到家，她嗔怪他，太危险了。他俩进行了一番长谈。她无奈地对他说，儿子和你不亲，不愿意和你在一起，这不是你的错，作为继父，你做的已经足够多了，就不要太勉强自己了。她知道，为了她的儿子，他付出了很多，受了很多委屈。等他长大吧，长大了，他就能理解了。她说。

他还是坚定地摇摇头。沉默了一会，他跟她讲了一个故事。

有个男孩子，有一个让人羡慕的家庭，爸爸妈妈都很疼他，无论他想要什么玩具，想吃什么好东西，提出的任何物质条件，爸爸都会毫不迟疑地答应他，满足他。爸爸很忙，一年中的大部分时间，都在各地奔波忙碌，很少回家，只是不断汇钱回来。在所有人看来，这个男孩子的生活很优裕，很幸福。可是，他却没有丝毫的幸福感。

这个男孩子，认识的第一个字，是奶奶教的；上学的第一天，是妈妈送的；游泳是自己泡在水塘里，学会的；第一次放风筝，是和邻居孩子的爸爸一起的；他学会折的第一架纸飞机，是年迈的爷爷和他一起弄的；就连第一次和别的男孩子打架，伤口也是自己包扎的……他有很多玩具，却大都是孤单的在房间里一个人玩，有些玩具，他根本就没玩过，就被弄坏了，因为他根本不会玩，也没有人教他。

这个男孩子，就这样懵懂地长大，第一次遗精时，他吓得半死，却没有人诉说。

后来，这个男孩子的爸爸终于回来了，因为他老了，病了。

长大成人的男孩子，经常会回家去探望父母，他想尽一点孝心。可是，让他痛苦不堪的是，面对病榻上的父亲，他却常常说不上几句话，因为他实在找不出多少他们曾经共有的经历、感受和记忆去和他分享。他只是父亲而已。

那个男孩子，就是我。他幽幽地说，儿子不是我亲生的，他直到十几岁才和我们一起，组成了这个新家庭。作为父亲，他的童年和少年，我已经缺失，我不希望在他今后的成长道路上，我们依然没有共同的经历和共同的记忆，那样的话，我永远只是一个继父，一个名义上的父亲。而我希望等我们老的时候，孩子能和我们一起分享我们曾经共同经历的人生片段。

　　她恍然明白了，紧紧地抱着他，泪流满面。

快乐的成本

开车去郊区，看望一位远房亲戚。

这位亲戚，早年下岗，现在靠基本养老金维持生计。我以为，他的经济一定很拮据，日子一定过得很清苦，也不开心。

等我到时，老人刚从菜场买菜回来。菜篮子里，只有几把蔬菜。

我陪着老人，在阳台上一边摘菜，一边闲聊。

我试探地问他，经济上有没有什么困难？

老人直摇头，养老金不多，但平时也没什么大开销，足够用了。老人晃晃手里的菜，今天买菜，只花了十几元，够我吃两三天的了。水电费也不多，一个月几十元钱。另外一笔大一点的开支，就是吃的药，每月要几百元，但大部分都能报销。别的，就没什么花销了。

我知道老人都很节约，能省的钱，都尽量一分不花。

我又委婉地问他，那日子过得还开心吗？

老人一听哈哈大笑，很好，很满足，很快乐啊。

从老人爽朗的笑声里，可以看得出，他是真的很满足，很快乐。可是，我却不能明白，有什么值得他这么开心。

　　老人似乎看出了我的疑惑，对我说，侄子，我真的很快乐哦，可不是装给你看的。

　　老人抬起头，指指天上的太阳，每天，只要天气晴朗，我都会在阳台上晒两个多小时的太阳，晒得全身暖洋洋的，很舒坦。下午，我会去小区对面的街心公园溜达溜达，碰到老熟人，就在公园的石凳子上捉对杀上一两盘，输赢无所谓，关键是大家开心。

　　老人从口袋里掏出一部老手机，这是女儿用旧了，送给我的，每天晚上，她都会打个电话过来，跟我唠几句嗑，问问我的情况。他们工作忙，路又远，我不要求他们经常来看我，也不在乎他们给我送什么礼物，给我打打电话，我就很满足了。有时候，孙女做完了作业，也会跟我电话里唠嗑几句，小丫头的声音可甜了，听着心里就暖暖的。

　　我的开心事可多了，老人看着我说，比如你今天特地来看我，我就非常开心。

　　老人说，你们年轻人，置了新房子，快乐；买辆私家车，快乐；穿了件名牌，快乐；掏荷包下馆子，快乐；花大钱去游山玩水，快乐。我比不得你们年轻人，没这个兴趣，也没这个条件了，但我也有快乐，只是我的快乐，都是些小快乐，比如晒晒太阳，和老朋友唠嗑唠嗑，比如儿女的一声问候……这些，都是不需要什么花费的，甚至是免费的。

　　老人拍拍我的肩膀，等你到了我这个年龄，你就会发现，有的快乐，是靠钱买来的，人生还有更多的快乐，却不是靠钱买的，是免费的。人越老，花钱买来的快乐，就会越少，而免费的快乐，却可能越来越多，也更加珍贵呢。

我恍然明白了。老人说得对，很多时候，我们太在意物质带来的富裕和快乐，却忽略了天底下还有很多低成本甚至是免费的快乐。我微眯着眼，享受着冬日的阳光，这阳光熏得我浑身暖洋洋的。

谢谢你告诉我

　　有个文友，经常在报刊上发表文章。刚开始的时候，很多人在他的博客上，或者 QQ 上留言，兴冲冲地给他报喜。可是，哪里又发表了他的哪篇文章，他大多早已提前知晓，所以，对别人的报喜，他渐渐不胜其烦，有时冷冰冰地回复一句，"我已经知道了"，连声谢都没有；更多的干脆置之不理。时间一久，再也没有人为他报喜了。谁会愿意腆着脸皮，自找没趣呢？

　　与之相反，另一位文友也几乎每天都有文章见诸报端。文章都是他投出去的，他自然也心中有数，但对别人的报喜，他都会诚恳地道声谢，"谢谢你告诉我！"与"我已经知道了"相比，"谢谢你告诉我"，让报喜的人感觉到自己的信息是有用的，从而获得了分享的快乐。因此，只要在报刊上看到另一位文友的名字和文章，大家都会第一时间告诉他，而他也永远会像刚刚获悉这个消息一样，真诚地向报喜者表达感谢，他们互相传递的，都是快乐。

我们在生活中常遇到类似的事情。

一个人激动地对另一个人说，告诉你一个消息。这个人讲得有鼻子有眼，另一个人听完了，眼帘往上一挑，不客气地回一句，"你这个消息，我早知道了。"传递消息的那个人，该有多么无趣？

一个人兴奋地对另一个人说，跟你讲个笑话（故事）吧。这个人讲得绘声绘色，另一个人听完了，不屑地回一句，"你这个笑话（故事），我早听过了。"试图讲个有趣的笑话或故事的那个人，该有多么扫兴？

一个人好心好意地对另一个说，我跟你提个醒啊。这个人讲得细致入微，另一个人听完了，不耐烦地说，你都跟我讲了好多遍了。热脸贴冷屁股的那个人，该有多么沮丧？

你一定也遇到过很多类似的事情，而你可能是"这个人"，也可能是"另一个人"。

看到有关你的消息，他想第一时间通知你；看到什么可笑的事，他愿意第一时间拿来和你分享；看到可能关乎你、影响你的事情，他一定要及时地提醒你。这个人，往往是最关注、关心你的人。但很多时候，我们会有意或无意地冷淡、拂逆了别人的善意。而我们的父母，一定是被我们忽略、冷淡、伤害最深的人，因为他们是最爱对我们"唠叨"的人。

也许你知道的事情很多，可总有你还不知道，不了解，不清楚，没听说过的，如果有人乐于告诉你，拿来与你分享，请对他说一声谢谢，谢谢他告诉了你。你的谢意，会是笑容，会是温暖，在你、我、他之间传递。

在美好中睁开眼睛

　　很多人都有同感：一寸的证件照，最难看了。在杭州，有一家名叫 1933 的迷你照相馆，却把小小的一寸照，拍得漂亮、生动、传神。这家开在一所大学旁边的小小照相馆，专门给人拍一寸照，生意火爆。

　　这个全部由在校大学生组成的团队，其中两个是学建筑的，一个是学广告的，一个是学国贸的，还有一个是学新闻的，没有一人是专业摄影师。这样一个杂牌军，却能将最难拍的证件照，个个都拍得跟明星照似的，他们有什么秘诀吗？有的。按照他们自己的话说，那就是把一件简单的事，尽量做到完美。

　　从化妆造型，到拍摄与后期制作，他们在每一名顾客身上，都要花费半个多小时的时间，反复地拍摄，不厌其烦地修改，只要顾客有不满意的地方，他们就推倒重来，直到顾客对自己的照片满意为止。

第三辑　世语：成为美好的一部分

几乎每一张他们拍摄的一寸照，男的都帅气阳光，女的都水灵妩媚，与我们常见的那种呆滞、死板的证件照，迥然不同，让人惊艳。

　　我看过他们拍摄的一大堆一寸照，简直让人怀疑，是不是来这儿拍照的，都长着一张明星脸？当然不是，来这儿拍照的，基本上都是附近的学生，和我们一样，是身边最普通的人，他们的长相和气质，也都是千差万别。有人好奇地想知道，他们是怎么把一张张普通的脸，拍得那么神气的？

　　果然也是有小技巧的，他们说，化妆和后期修饰，很重要。每一名顾客，他们都要对其进行精心的化妆，在拍摄完后，还要对每一张照片进行细致的修图，使之趋于完美。

　　但是，我见过很多化妆的人，一点也不美；我也见过很多 PS 过的照片，一点也不生动。仅仅靠化妆和修饰，就能将一个人的照片，拍得那么漂亮、生动、传神吗？

　　他们笑着说，一个人的照片美不美，当然不全是靠化妆和修饰，而主要依赖其自身的气质和精神状态。你看看这些照片，最美的地方在哪儿？

　　眼睛！没错，正是他们每个人的眼睛，水灵、明媚、清澈、传神，洋溢着一股幸福快乐的神情。

　　他们又是怎么做到的？

　　他们说，很简单，在拍摄前，我们会请顾客先闭上眼睛，想一些自己经历过的最美好的事情，然而睁开眼睛。就是在那一瞬间，他们摁下了快门。

　　那是一个刚刚沉浸在美好回忆中的瞬间，那个瞬间，人的眼睛里，写满幸福和快乐。他们所做的，只是捕捉到了一个人最美好的瞬间。

　　我终于明白了，不是他们的拍摄技巧有多么高，也不是他们的化妆和修图技巧有多么好，而是被拍摄者自身所洋溢出来的那种快乐、幸福和自信啊。

　　如果你常从美好的事情中睁开眼睛, 你的眼神就一定是明亮的, 你的神情就一定是美好的，而你的心就一定是灿烂的。

每家都有一个大厨

　　社区的小广场上，正在进行一场厨艺比赛，参赛的都是小区的居民。

　　先是两位大妈上场，熟练地洗、切、炒，现场热气腾腾。一会儿，一位大妈的菜做好了，做的是家常豆腐。这真是一盘地道的家常菜。评委品尝后点评，豆腐嫩滑，清爽，有型。大妈笑眯眯地听着。打分之前，一位评委好奇地问大妈，你这道家常豆腐里，比一般的家常豆腐多了个辅料——山药，这是为什么？大妈笑着说，我家老头子喜欢抽烟，喉咙不大好，所以，我平时做菜，都喜欢加一些润肺的食材。评委们各自亮出了自己的分数，不是很高，但现场还是响起了热烈的掌声。

　　另一位大妈的菜也做好了，是霉干菜蒸昂刺鱼。霉干菜是江浙一带常吃的一种咸菜。将菜端到评委面前时，大妈不忘自夸一番：我不大会烧菜，但我们家老老小小都喜欢吃我做的霉干菜蒸昂刺鱼，尤其是我那小孙子，一个人就能将这一大盘都吃了。评委们笑笑，品尝，味道确实不错，入味，鱼肉嫩而不腻。评委打完分后，选手做的菜就被端到小广场一角，让现场的居民们品尝。很快，这道霉干菜蒸昂刺鱼就被大家分食了，不时有人发出啧啧的赞叹。

紧接着上场的，是一个年轻的小伙子和一位白发苍苍的老奶奶。小伙子是一家三口一起上场的，小伙子主厨，妻子在一旁做助手，四五岁的儿子，则围着灶台玩耍，不时探头看一看锅里，老爸烧的菜怎么样了。小伙子一边做菜，一边向主持人介绍他这道菜的特色，菜名就非常有意思，叫虾兵蟹将，是一道海鲜大杂烩。不一会儿，现场就飘起了海鲜的香味。听听这菜名，看看这一家人认真地做菜的样子，可以想象得出，平时一家人在厨房里快乐地忙碌的样子，这是多么和谐幸福的一幅生活图景啊。

老奶奶很认真地做着她的鸭蛋炒韭黄，一个二十多岁的女孩，陪在她身旁。女孩告诉主持人，以前家里都是奶奶做饭，这几年，奶奶年纪大了，主要是妈妈做饭了。但只要她回家，或者其他亲人回来，奶奶一定会亲自下厨做一道菜，就是奶奶正在做的这道鸭蛋炒韭黄。女孩说，这是奶奶的拿手菜，也是全家最爱吃的一道菜，尤其是她自己，可以说，就是吃着奶奶做的菜长大的，这道鸭蛋炒韭黄更是百吃不厌，从没有吃过比奶奶烧的更好吃的鸭蛋炒韭黄了。随着老奶奶的翻炒，身边又增添了一缕缕韭菜特有的香气。

选手们一个接一个上场，一试身手。空气里弥漫着各种各样香喷喷的气息。让人印象深刻的，是一位中年男人，从上场开始，他就一直是笑呵呵的，还哼着小曲，主持人问他，为什么这么开心？他笑着回答，我在家做菜的时候，从来都是这么开心的啊。菜不仅是有味道的，也是有感情的，你用欢喜的心去做，菜就一定有味道，好吃。为家人做饭做菜，这难道不是一件特别开心的事吗？

241

虽然每道菜评委的评价不尽相同，打的分也有高有低，但正如选手们自己说的那样，这道菜，是我儿子最喜欢吃的；这道菜，是我老公最爱吃的；这道菜，是我们全家都爱吃的。一道家常豆腐，不同的人，做的味道一定是不相同的，但每个人做的，又都是自己家人最爱吃的口味。他（她）做的菜可能没赢得评委的青睐，别人也未必喜欢，但自己的家人爱吃，这就是最大的成功，也是最大的喜悦呢。

我们每家都有一位大厨，妈妈，爸爸，或者奶奶，或者就是你自己。如果一定要给他们评价的话，那就都给他们十分。爱，就应该得满分。

倒木是森林的另一种姿势

通往长白山地下森林的游步道两旁，参天的丛林之中，横七竖八散布着一棵棵倒下的大树。这些曾经挺拔高大的树木，此刻安静地将它们的身躯横卧在大地之上，全身长满绿苔，有的已经枯烂，露出黄褐色的木心。这是一个寂寞的世界。听不到鸟鸣，鸟只栖落在高高的树枝上；见不到阳光，森林太茂密了，那些依然屹立的大树，尽可能地伸展枝桠，将所有能采集到的阳光，都收入囊中；甚至听不到一丝风声，丛林里的风，都是从一个树尖，跃到另一个树尖，从一片叶子，跳到另一片叶子，发出迷幻般的哨音。

它们叫倒木，倒下的树木。

这些大树，大都是大风刮过森林时，倒下的。有的是垂垂老矣的大树，已经活了几百年，甚至更久的时间。巨大的树干，差不多被时间掏空了，大风起时，它们摇摇晃晃地一头栽倒，停止了呼吸。它身边的大树，差不多都是它的子孙和后辈，它们想搀扶住它，可是，它的躯干太沉了，而且，也许它自己也觉得活得够久了，它已经以一种姿势站了几百年，累了，因此，事实上也可以理解为它是顺势倒下的。

也有正值壮年，生命旺盛的大树，骤然被大风连根拔起的。它们本是森林中的王者，树干比别的大树更加粗壮，树冠比别的大树更加繁茂，它们的根，也一定比别的大树，扎得更深更密更牢固，但是，大风起兮，它们却轰然倒塌，巨大的响声，令整个森林颤抖。在众多的倒木中，那些倔强地以倾斜的姿势不肯完全倒下的，就是这样的大树，它们像四五十岁的壮汉一样，还有很多未竟的人生，怎么甘心就此倒下呢。

不管它们当初是怎么倒下的，当我们遇到它们时，它们就已经倒下了，死了，枯烂了，我们没有见过它们挺拔站立的姿势，仿佛它们生来就是这样倒卧似的。从它们身边走过时，我听到了很多议论，大多是惋惜、唏嘘，这么粗壮的大树，怎么就倒了呢？

还有人不解地问，这么粗大的树木，为什么任凭它在森林中枯烂，而不将它们运出去，制成木材，让它继续发挥作用？有人甚至当场计算，这样一棵倒木，如果开成木板的话，可以打出多少个柜子，多少只箱子，多少张桌子，多少把椅子……可都是绝对的实木哦。

景区的工作人员却告诉我们，千万别小看了这些倒木，它们是森林的温床，可以说，没有了它们，就没有茂盛的原始森林。

森林中超过八成的树木幼苗，是从倒木上繁育起来的，故有倒木是森林的温床之说；倒木又是微生物的栖息地，小树苗成长过程中，所需的大量的营养成分，如倒木自身所含的碳、氮、磷等营养成分，就是靠这些微生物分解提供的，倒木因而又是森林的奶娘，无私地把一棵棵小树苗拉扯大。

没错，看起来有点煞风景的倒木，事实上，恰是森林不可分割的重要部分。一棵大树倒下了，成了倒木，它的叶子脱落了，枝干枯萎了，躯干腐烂了，但它并没有死亡，也没有荒废，它只是换了一种姿势，像一位母亲一样敞开了怀抱，是一棵树之于森林的另一种姿态。

对于一棵倒木来说，重新站起来，倒或许并不是它的愿望，让更多的小树发芽、生长，长成森林，这才是它最大的梦想吧。而被打造成一只实用的实木家具，这恐怕是所有的倒木，最不愿意做的事情，因此，一棵倒木，一定是极不情愿走出森林的。

在森林之中，总有一些树木，会因为这样那样的原因倒下，不过，纵令倒下了，枯萎了，腐烂了，它们也还是丛林的一部分。如果你肯放下成见，蹲下身，从另一个角度去看它，就会发现，它只是在丛林中换了一个姿势，它依然是挺拔的，高大的，令人尊敬并值得仰视的。

倒木，是大树的另一个境界。这与那些多舛而又不羁的人生，是多么相似啊。

蜗牛也有奖

放假了，孩子捧回来一张奖状，这可是孩子上学以来，获得的第一张奖状。朋友乐滋滋地展开了奖状，脸上的笑容，却慢慢凝固了。孩子得的是蜗牛奖。

朋友是个急性子，立即给老师打电话，不高兴地询问，这算是什么奖，给孩子这个奖，又是什么意思？朋友的孩子，上学之后，成绩一直不大好，基本上都是班级里垫底的那几个孩子之一。孩子学习不好，作为家长，朋友觉得很没面子，所以，对孩子的态度有点粗暴，也很少和老师联系。他觉得，那是自讨没趣。刚开始，看到孩子手里拿张红彤彤的大奖状回家，朋友还很高兴，没想到竟是"蜗牛奖"。蜗牛，多慢，多窝囊的一只小动物啊。这不是讽刺孩子吗？这不是给父母难堪吗？朋友的脸，挂不住了。

老师却一点也不急不恼，对朋友说，孩子这学期的考试成绩虽然还是不太理想，甚至有门课还不及格，但是，与上学期比较起来，还是有一点小小的进步的。

听老师说孩子有进步，朋友还是很开心的。那为什么不干脆给他一个进步奖呢？

老师解释说，孩子有进步，不过，还不是特别明显，与进步很快的孩子比起来，差距还是很大的，所以，还够不上进步奖。但是，哪怕只是前进了一小步，对孩子来说，也是进步，对他的进步，我们就应该鼓励，所以，今年在继续设置进步奖的同时，我们新添了一个蜗牛奖，旨在鼓励那些进步不是很明显但是还是有进步的孩子。事实上，这也是很多孩子的共同特征，总是有所进步，虽然步伐不快。

朋友嘟嘟囔囔地说，我还是不喜欢"蜗牛"这个词。

老师笑了，你听过周杰伦的歌《蜗牛》吗？他是这样唱的，"我要一步一步往上爬，等待阳光静静看着他的脸，小小的天有大大的梦想，我有属于我的天。"

朋友也笑了，没听过，但这个歌词，写得倒还是蛮不错的。

老师接着说，那你读过作家张文亮的文章《牵一只蜗牛去散步》吗？里面这样写道——上帝给我有个任务，叫我牵一只蜗牛去散步。我不能走得太快，蜗牛已经尽力往上爬，每次总是挪那么一点点。我催它，我唬它，我责备它，蜗牛用抱歉的眼光看着我，仿佛说："人家已经尽了全力！"老师说，孩子的进步，哪怕只是像蜗牛那样，只是挪动了一点点，但只要是在进步，我们就应该鼓励他，赞赏他，这也正是我们今年的"蜗牛奖"的初衷。

听了老师的话，朋友紧绷绷的表情，缓和了下来。

老师话题一转，对朋友说，我相信你和很多家长一样，希望自己的孩子学习好，表现好，各方面都好。这本是人之常情。但我们也必须看到，孩子之间的个体差异，不能仅仅以考试成绩来评价孩子，更不能因为孩子考试成绩不理想，就对孩子责骂和惩罚，态度粗暴，方法简单，完全看不到孩子的进步。事实上，在评选"蜗牛奖"的时候，我们也不单单以学习成绩作为参考依据，还包括晨读认不认真，晨跑卖不卖力，课堂是不是遵守纪律等等要素。事实上，很多孩子都渴望获得这个奖，因为蜗牛的进步虽缓慢，但扎扎实实，有一股不服输的闯劲在。而这一点，对孩子的未来发展，其实是非常重要的。

　　朋友连连点头。放下电话，他歉意地摸摸孩子的头，然后，拿出图钉，将孩子的"蜗牛奖"奖状，郑重地挂在了客厅的墙上。他在心里想好了，不但要肯定孩子身上的进步，还要像孩子一样，每天也进步一点点，努力把父亲这个角色做得更好，为自己拿一个没有奖状的"蜗牛奖"。

别为孩子太能干

大刘和大赵是两个截然不同的人，一个勤快能干，一个懒散拖沓；一个急性子，快人快语，一个是慢性子，磨磨叽叽。

他们的孩子小俊和小智差不多大，在同一所学校上学，两个孩子也完全不同，一个很勤快，很主动，动手能力和自理能力都很强，一个则习惯于衣来伸手，饭来张口，除了亲自去上学外，剩下来的所有的事，几乎都是父母一手操办的。

你觉得小俊和小智，哪个是大刘的孩子，哪个又是大赵的孩子？

如果我告诉你，能干的小俊是不能干的大赵的孩子，懒散的小智是勤快的大刘的孩子，你会不会大跌眼镜，觉得有点不可思议？

当然，最想不通的，其实还是大刘自己：为什么自己这么勤快能干，孩子反而那么不勤快，不踏实呢？

都说父母是孩子的第一任老师，是孩子身边的榜样，照理说，父母勤快能干，孩子照样学样，也应该甚至更勤快能干才对啊。勤快能干的大刘的孩子小智，怎么偏偏就成了一个衣来伸手，饭来张口，一点独立性和自主性都没有的孩子呢？

孩子的原因，还真得从父母身上去找。懒散的小智，根子还就出在勤快的大刘身上。

直到上小学前，小智连鞋带都不会系，每次看着小智蹲在地上，手忙脚乱地将鞋带系得像团乱麻一样，勤快的大刘看不下去了，索性自己蹲下来，三下五除二，利索地帮小智把鞋带系好了。

学校老师要求孩子回家之后，要帮父母做一些力所能及的家务活，当天，吃过晚饭后，小智忽然提出，碗由他来洗。可把大刘夫妻俩乐坏了。小智挽起衣袖，走到水池边，学着爸爸的样，洗起碗来。一只，又一只。洗完了，小智兴奋地跟爸爸妈妈说，碗都洗好了。小智等待父母的表扬呢。大刘欣喜地走进厨房，一看，厨房一片狼藉，地上水淋淋的，洗过的碗碟，摆得到处都是，大刘拿起一只碟子看看，边上的油污还清晰可见。这哪是洗过的碗碟啊，大刘摇摇头，又将小智洗过的碗碟全部重洗了一遍，把溅了一地的水抹干净。大刘算了算，花去的时间反而比平时自己洗碗花的时间多。从此之后，大刘再也没让小智洗过碗。

新学期开始的时候，小智领回来一摞新书，并买了书皮回来，准备自己把书包起来。大刘在一边看着，小智笨手笨脚地包好了一本书，大刘一看，歪歪扭扭，难看死了。于是，大刘挽起袖子，把小智包好的书皮拆了，重新包，大刘包的书皮，方方正正，漂漂亮亮。看着儿子一脸崇拜的神情，大刘很满意。

假期，一家三口出去旅游，为了锻炼锻炼儿子小智，妻子提出这一次让小智来做旅游攻略。小智欣然答应，上网，查资料，定线路。儿子的攻略做好了，拿给大刘看。大刘看了儿子小智的攻略，直摇头，线路不科学，时间安排不合理，最重要的是，没有考虑到住宿、吃饭等细节，一句话，不切合实际，不可行。于是，大刘将儿子小智做的旅游攻略全盘推翻，自己重新来做。很快，勤快能干的大刘就亲自制定了一个详尽的旅游攻略来。

这就是大刘，一个勤快、能干，什么事都喜欢亲力亲为，并乐于包办孩子一切的父亲。有了这样一位勤快能干的父亲，孩子还需要自己动手吗？孩子还有机会表现自己吗？孩子能不相形见绌，显得又笨又懒又无能吗？

勤快、能干，当然是一个人的优点，不过，在孩子面前，我倒是觉得，不妨懒一点点，把孩子能做的事，放手让孩子去做；也不妨笨一点点，让孩子自己去面对问题，找到解决的途径和办法；还不妨弱一点点，使孩子觉得自己在这个家中，不但是重要的，也是能干的小主人，让他暂时还显得孱弱的肩膀上，学会承担一点家庭成员的责任和义务。

身为父母的我们，在孩子面前适当地往后退一步，恰是给他腾出进一步的空间。

物语：一只拟人化的狗

替狗说句话

高兴的时候，"汪，汪汪"。

愤怒的时候，"汪，汪汪"。

惊恐的时候，"汪，汪汪"。

无奈的时候，"汪，汪汪"。

"汪，汪汪"。这是我们家的狗狗，所能表达的全部语言了。全天下的狗，都如此。

不过，同样是"汪汪"的叫声，狗所表达的情绪和意义，却不一样。这一点，养狗的人都有体会。有时候，我们能懂，但更多的时候，我们却一片茫然。

如果狗能说话，它一定有很多话要和它的主人讲。但它不会。

偶然的机会，我看到了一段狗说的话。看着看着，我怔住了。

那是在一张美国的养狗证上。

狗说，"请好好对我，因为世界上最珍惜、最需要你的爱心的是我。别生气太久，也别把我关起来，因为，你有你的生活，你的朋友，你的工作和娱乐，而我，只有你。"

我想起了我们家的狗。它给我们带来了很多欢乐。但是，这个淘气的家伙，也为我们带来了很多破坏和烦恼。在一岁左右的时候，它整天牙痒痒，咬坏了一根棒槌，两个电视遥控器，三四把梳子，五六双拖鞋……因为它以为所有的东西，都是它的磨牙工具。它为此一次次受到惩戒，被关在卫生间里，"汪汪"地哀叫。有时候，我们全家都出门了，因为担心它独自在家里会搞破坏，我们同样会将它关起来。没错，只要惹我们生气了，不高兴了；或者家里来客人了，担忧它惊吓了客人；甚至根本不需要任何原因，我们家的每个人，都可以将它关起来，以致它一走到卫生间的门口，就簌簌发抖。我承认，这句"而我，只有你"一下子击中了我。

狗说，"经常和我说话吧，虽然我听不懂你的语言，但我认得你的声音。你是知道的，在你回家时我是多么高兴，因为我一直在竖着耳朵等待你的脚步声。"

我又想起了我们家的狗。每次回家，打开门，从还没有完全打开的门缝里，迫不及待挤出来的那颗脑袋，一定是它。看到我们一家三口任何一个人回家，它都无比开心，无比兴奋，摇头摆尾地追着你，仿佛多少年没有见面的亲人一样，即使是你刚刚去门口的小店买了包盐回来。有时候，我在单位加班，或者在外面应酬，很晚才到家，这时家里人都熟睡了，听到钥匙开门的声音，它会立即从睡梦中醒来，摇着尾巴到门口迎接我。从无例外，哪怕是在它生病的时候。我很想问它，你真的一直在竖着耳朵，等待我们回家吗？只要还有一个家人没有回来，你都一直竖着耳朵，揪心地等待吗？

狗说，"请别打我，记住，我有反抗的牙齿，但我不会咬你。"

看到这一句，我笑了。我们家的狗，是德国黑背，一条外形很威猛的大狗，牙齿很尖利，除了啃坏了不少东西外，它真的一次也没有咬过我们，也没有咬过任何一个陌生人。但我打过它很多次，在它犯错的时候，或者不那么听话的时候，或者仅仅是我心情不好，而它又不知趣的时候。无论因为什么挨打，它都是一脸逆来顺受的样子，可怜兮兮地匍匐在地，或者夹着尾巴仓皇逃开，从未反抗。一向见不得我打孩子的妻子，每次在我打狗的时候，都会告诫我，小心哪天它像儿子一样，造你的反。我得承认，我是个棍棒教育者，这使我和儿子的关系一度很紧张。狗却从不记我的仇。不过，看到这句话后，我决定今后再也不无故打你了，不是因为你有反抗的牙齿，而是因为你从不反抗。

狗说，"我这一生大概能活 10 到 15 年，和你分别是件无比痛苦的事。在我生命的最后一刻，如果能在你怀中离开这个世界，听着你的声音，我就什么都不怕，你就是我的家，我爱你！"

傍晚遛狗的时候，当我把这两句话，念给狗友们听的时候，当场就有几位狗友，泪流满面。他们都是养狗多年的人，已经送别了一条又一条狗，每一次，都是残酷的生离死别。在我养狗之前，我很讨厌有人自称狗爸狗妈，把狗当子女一样养。我觉得那太矫情了，也太滥情了。不过，在我自己也加入了养狗的行列之后，我才真切体会到，狗也是有生命的，而且，它的生命，也会成为你生命的一部分。当生命的一部分离你而去的时刻，你怎么可能无动于衷？

我的狗，已经两岁了，正值青年，但我知道，很快，它就会步入壮年，迈入老年，终将离我而去。它不可能陪伴我们一生。但是，我们可以养它一生，陪伴它一生。

我摸着我的狗，对它说，"我爱你！"它不会说话，但我从一张美国狗证上，读到了它想说的话，而且我相信，它能听懂我们的话。

257

遛狗的人

因为花花，我认识了不少新朋友。

花花是一条狗，狼狗。在家里待不住，每天不去草地上遛几圈，它就狂躁难安。离家不远，恰好有一块草地，这是附近难得的一块空地，正是遛狗的好地方。每天晚上，这里就会聚集很多条狗，它们都是来溜达的。

与其说是我认识了不少新朋友，不如说是我们家的花花，结交了一帮狐朋狗友。来草地溜达几次后，它很快就和一群常来这儿的狗们混熟了。一到草地，它就撒开四蹄，欢快地向狗群奔去。没有人会注意到紧跟在花花后面，追得气喘吁吁的我，但他们一眼就会看见花花，大家都认识它，有人激动地喊起来，看，花花来了。他们总是先和花花打招呼，然后，才看见我。

我也是先认识了那些狗，再知道了它们的主人。很快，几乎每一条狗，我都能叫出它们的名字，那条最好动的金毛叫长狮，温文尔雅的短毛麦色梗叫兵兵，而总是领跑的普罗特猎犬的名字最独特，叫盖丝，它的主人喊它的时候，听起来就像在骂"该死"。但我却花了很长时间，才大致搞清楚它们各自的主人，一条拉布拉多犬名叫健康，另一条拉布拉多犬叫欢欢，我能够准确地分辨出哪条是健康，哪条是欢欢，但他们的主人，我却经常会弄混。

在这儿，每条狗都有名字，而它们的主人的名字，却都成了代号，诸如健康爸，长狮妈，兵兵爸，欢欢妈。经常来遛狗的人，有的还互留了手机号码，存储的时候，也都是谁的爸，谁的妈，很少互相告知自己的真名字。主人的名字叫什么，在哪里工作，似乎并不重要，狗才是这块草地真正的主角。

狗狗在草地上狂奔，嬉闹，狗的主人们，也扎堆在一起，闲聊。聊的话题，自然也都是关于各自的狗狗的，比如喂什么食，怎么训练，有哪些趣事，如数家珍，永远也讲不完。草地上没有路灯，远方的路灯和小区的灯光弱弱地照过来，在昏暗的光线下，几乎看不清对方的脸，因此，我一直怀疑，我们否真正认识。但只要狗狗们发生了什么事情，比如几条狗打架了，狗的主人们却能很准确地找到各自的狗，并将它们拉开。

并不是每天，大家都会到草地上遛狗，下雨了，刮风了，天凉了，来遛的狗，就会很少。我家花花因为活动量大，所以，我都会尽量带它上草地遛遛。和花花一样坚持每天来遛的，还有两条狗。一条是金毛长狮，它特别喜欢吠叫，只要听到一点风吹草动，它就会吠叫不已。长狮妈无奈地说，儿子今年要高考了，每天晚上都要复习到很晚，长狮的叫声，会影响儿子，所以，才不得不每天将它牵出来，以留给儿子一个清净的环境。

另一条常来遛的狗，名叫铁霸，是一条凶悍的威马拉那犬，来遛它的是一个中年妇女，我们一直以为她是铁霸的主人，所以喊她铁霸妈，她却用很浓的方言难为情地告诉我们，她不是狗主人，她只是一个保姆。每天晚上七点，她会准时第一个带着铁霸来到草地，又总是遛到很晚，最后一个离开。我好奇地问过她，为什么要遛这么长时间？她犹疑半晌，嗫嚅地告诉我，主人家每天晚上，都会有很多客人，而铁霸太凶了，怕吓着客人，所以，主人才让她将铁霸牵出来遛的。后来听另一个遛狗的人说起，铁霸的主子，好像是一个什么局的领导。原来如此。狗狗背后的世界，也挺复杂的呢。

花花已经养了一年多了。有时候，牵着花花在路上行走的时候，迎面碰到的陌生人，会冷不丁突然停下来，注视着花花，然后惊喜地喊起来，"这是花花吗？真的是花花吗？都长这么大了啊！"花花会好奇地嗅嗅他。我不认识他，看样子，他也并不认识我，但他认识我们家花花。驻足一聊，果然是曾经也在草地上遛过狗的人。

去草地遛的狗，一茬一茬；去草地遛狗的人，也一茬一茬，生活就是这样，不重复地继续。

狗命值多少钱

高考完后，儿子提出要求，养狗。于是，花 1000 元，从宠物市场买回了一条三月龄的德国牧羊犬，取名花花。

花花很聪明，也很可爱，与儿子的感情最好，每天晚上，只有将狗窝搬进儿子的房间，花花才肯摇着尾巴，进去睡觉，不叫唤。虽然气味很大，一向爱干净的儿子，竟然一点意见也没有。可是，养了不到一周，花花忽然没了精神，去宠物医院一检查，得了狗瘟。狗瘟是狗特别是幼犬最容易生的病，而且致命。

第一天，诊断费、检查费、治疗费就花去了 400 元。说实话，付账的时候，我有点心疼，我和妻子都是工薪层，挣钱不易，400元相当于我们家一周多的伙食费了。打完针，医生交代说，明天还得来，先连续治疗五天，如果病情好转的话，再减药巩固治疗半个月左右，也许就可以康复了。医生说的是"也许"，因为这种病的治愈率只有区区的二三成左右。

儿子抱着病恹恹的狗回家。萎靡不振的花花，回到家后，不吃不喝，顾自钻进了一个角落，耷拉着脑袋，睡觉，弄得全家人都没心思吃饭。

平时一吃完晚饭，儿子就会领着屁颠屁颠的花花，跑到电脑前，玩游戏；或者打开电视机，抱着花花看欧洲杯录播。这天，儿子坐在餐桌前，却一动不动。我们知道他在担心花花的命运。

这确实是个棘手的问题。我们算了一下账，如果坚持治疗的话，最保守的估计，治疗费需要3000多元，这差不多快赶上我们一个月的工资了。问题是，即使这些钱花下去了，可能也救不了花花的命。还有一笔账不得不算，买花花的时候，我们花了1000元，如果用3000元治疗花花的话，还不如放弃花花，对它实施安乐死，也不让它遭罪，再去重新买一条健康的狗回来养。

账是明摆着的，继续给花花治疗，一点也不值得。我们看着垂着头的儿子，想听听他的意见。半晌，儿子抬起头，声音很轻但坚定地说，它也是一条生命啊，我想尽力救治花花，哪怕花再多的钱，我不舍得眼睁睁看着它死。儿子的眼里噙着泪花。平静了一下，儿子补充说，我知道你们挣钱也不容易，高考前，你们答应过我，上大学后，给我买台笔记本电脑的，我决定不买电脑了，就用买电脑的钱给花花治病，另外我还有几百元省下来的零花钱，也交给你们。如果还不够的话，我就利用这个暑假去打工挣钱。总之，我想救活它。

说到电脑，顺带提一句，这是儿子很久以来的愿望，但担心他有了自己的电脑后，沉迷于游戏，我们一直没答应。高考前几天，儿子甚至耍无赖，以罢考相威胁，我们不得不作出妥协，答应上大学后，就帮他买台笔记本电脑。没想到，他费尽心机争取来的东西，也愿意放弃。

不知道什么时候，花花竟然爬了起来，摇摇晃晃地来到了我们身边，趴在了儿子的脚下。儿子弯腰抚摩着花花的头，我一定救活你！儿子哽咽着说。花花好像听懂了儿子的话似的，轻微地摇了摇尾巴。因为病痛，一整天，它都没有摇过尾巴。

晚上，我和妻子就这件事，进行商议。单从经济账来说，继续治疗确实一点也划不来，但是，花花能来到我们家，也算是缘分，它已经是我们家庭的成员之一了，我们不能见死不救。更重要的是，儿子爱花花，儿子爱惜生命，这是多少钱也买不来的一课。花几千元，对我们来说，固然也有点心疼，但还不是不能承受的。我们决定，和儿子一起，全力以赴，为花花治疗。

经过几天的治疗，花花的病情，已经大大缓解，医生说花花很幸运，基本上不会有什么大碍了。儿子的脸上，再次露出了灿烂的笑容。

现在，每天下班回家，花花一听见我们的脚步声，就会跑到门厅，迎接我们，摇尾，吠叫，用头蹭着我们的裤脚，很兴奋的样子。这是一个生命，对另一个生命的信任和亲昵。

看狗识人

小区里养狗的人越来越多了，在小区里散步，经常能遭遇遛狗的人，情形多半是这样的，先看见跑在前面的狗，再看见跟在狗后面的人。这与乡村截然不同，在乡下，更多的是狗夹着尾巴，跟在农人或孩童的后面。

遭遇多了，我也练出了一个小本领，就是看一眼前面的狗，就能够大致判断出，后面的狗主子，是个什么样的人。

大多的宠物狗，见到人，就会热情地往你身上凑，小鼻子亲密地嗅着你的鞋尖和裤脚，尾巴摇得宛若大风下的旗帜。这样的狗，平时显然得到了狗主人太多的宠爱，认为凡是人，皆是它的主人，或者朋友。这与我们中的大多数人，都是友善、好客的一样。遇见这样的狗，人们也乐于停下脚步，逗逗它，而跟在后面的狗主人，走过来的时候，也会冲你善意地笑笑。这样的人，即使不是什么大善人，至少没有什么恶意。

另一种狗，见到人则会"汪汪"地叫个不停，仿佛你抢了它的骨头，或者侵占了它的专有道路似的。在大路上行车，常被人莫名其妙地摁喇叭，闪灯，与这狗一个德行。倘是个孩子，会被它的凶样，吓得哭起来，尖叫地避让，它就会追着孩子吠叫。但如果你是个壮汉，怒目而视，甚或狠狠地跺跺脚，这厮就会反被吓得一溜烟地跑开。狗的主子远远地听见了叫声，有的会嘻嘻哈哈地呵斥几声，语气里掩藏着高人一等的快意；有的不但不呵斥他的狗，还会从鼻腔里哼出一股怪气，"你怎么跟TA一般见识！"也不知道这话是跟狗讲的，还是跟人说的。这样的人，不是个难缠的刺头，就是尖酸刻薄惯了。但和他的狗一样，往往是个纸老虎，你真要和他拉开对仗的架势，他又会远远地跳开，比兔子还快。

有的狗，穿着精致的小背心，甚至四只爪子上，都穿着漂亮的套子，走起路来，摇头晃脑，像个骄傲的王子或公主，对与它相遇的陌生人，以及看起来就邋遢不堪的其他狗，它都一概不屑一顾。不用说，这样的狗生活在殷实之家，养尊处优、傲慢骄横惯了，它的主子，即使与你住门对门，可能也从不主动与你微笑点头。这不足为怪，它和他，都有自己的圈子。有的狗，高大威猛，舌头伸得比扒手的手还要长，看见一棵树，或一只垃圾桶，都要翘起后腿，做点记号，据为己有。它的脖子上，套着狗圈，但很多时候，链子是拖在地上的，并没有被牵着，这让与它遭遇的人，呼吸都骤然变细了。而跟在它后面的人，惬意无人地吹着口哨，脖子上的金链子，比狗圈还粗。他不是暴发户，就是背后有大树的人，谁知道呢。

我很少在意这些狗的品种，就像一个人的品行，与他的肤色毫无关系一样。我看过一个资料，说狗自从被人类驯服之后，就一直将人类视为自己当然的主人。但同样一条狗，被什么样的人豢养，性情和品性，却迥然有异。有几次，我在小区里看见一条狗，总是耷拉着脑袋走路，很抑郁的样子，看见人，就远远地让到一侧，也从没看见它与别的狗，有过什么耳鬓厮磨的交欢，而它的主人我是认得的，一个很开朗很善谈很友好的人，奇怪他怎么会将一条狗，养得这么乖张？后来一聊才知道，这条狗本是他一个朋友的，朋友离异之后，形单影只，郁郁寡欢，性格变得越来越怪异，前不久，因为患了压抑症，住进了医院，狗才不得不交给朋友代养。

小区里还有条狗，让我印象深刻。这是条纯种的京巴犬，应该很温顺的，然而它不，不论是遇到人，还是遇到别的狗，这厮一律狂吠不已，仿佛天底下的人和狗，都欠了它十万八千似的。养它的主人，是一对小夫妻，就住在我家楼上，有时半夜能听到小两口甜蜜的歌声，有时凌晨时分，又会忽然听见摔桌子砸碗的惊天响动，日子过得磕磕碰碰，而伴随着锅碗落地的声音，便是可怜的京巴犬恐慌、绝望、无助的吠叫声。可见，对一条狗来说，遇人不淑，也是相当相当命苦的。

每一条狗的身上，都深深地打上了豢养它的人的烙印，不过，虽然看狗能够识人，但我不得不承认，我也经常有看走眼的时候，比如我们从任何一条狗的身上，都能够看到忠诚，而跟在它后面的很多人，却早已丧失了这个本性。

爬山的狗

晨练爬山的人中，不少人是带着狗狗的。

有的狗被链条牵着，连蹦带跳爬几步，脖子就被勒住了，只得停下来，等它的主人；没有束缚的小狗，自由多了，噌噌就上了几十级台阶，然后坐卧下来，伸着长长的舌头，得意地回头看着主人，远远地落在后面，哼哧哼哧满脸是汗。

一只狗，看见另一只狗，会兴奋地跑过去，互相嗅嗅，舔舔，有的"汪汪"吠两声，两只狗就算是认识了。虽然品种不同，但似乎一点也不影响它们之间的友谊，狗显得比人类更善于沟通，而且没有等级门第之分。经常看见一只高大的猎犬和一只娇小的京巴狗形影相随，亲热得不得了。猎犬爬得快，爬着爬着，回头一看，小京巴没有跟上来，它就会折回去，再和小京巴一起往上爬。如果可以腾出一只爪子的话，我相信高大的猎犬一定乐意用一只爪子去拉住小京巴的小爪子，像一对恋人那样，手拉着手爬山。

山顶是一块开阔的平地，晨练的人们会在这里喘喘气，活动活动筋骨。

　　狗们也拉开阵势，乘机活动一下，增进友谊。

　　有两只狮子狗在玩追逐的游戏，长长的柔软的白毛，呼呼生风，飘逸，潇洒，迷死人了。一只出身寒门的草狗显然也被感染了，加入了它们的追逐。晨练的人往往被突然从胯下钻过的小东西吓一跳，有人会呵斥一声，可是，小狗早跑开了，它们才不在乎你的呵斥呢。有一只狗，因为它的主人在练嗓子，扯着嗓门"嗷嗷"地吼叫，每次都声嘶力竭，它也拼命地狂吠，不知道它是被主人这种歇斯底里的叫声吓坏了，还是也想练练嗓子，成为第一狗高音？

　　晨练的人中，不时会加入一些新面孔，带来一两只陌生的狗，其他的狗就会围上去。倘若是一只高大生猛的家伙，小狗们就会远远地试探下，吠几声，看出这位猛男没有伤害自己的意思，才敢走近一点。有的很快打成一片，而有的看来不屑与小狗为伍，昂着高傲的狗头，摇晃着尾巴，跟在主人的屁股后面走开了。但这不会影响到狗们的情绪，它们顶多再干吠两声，算是送别，然后，继续它们简单而快乐的游戏。

　　如果是冬天，有的狗就会被穿上花花绿绿的衣裳，可是，它们对对方的衣裳显然没有兴趣，它们还是互相添添毛发，蹭蹭脑袋。人靠衣妆，狗靠皮毛，很多人却不明白这个狗道理。

　　每次太阳从山脚冒出来的时候，有只狗都会对着太阳狂吠，其他的狗也会跟着吠叫，于是，山顶上响彻狗叫声。那只狗的主人这时候就会走过来，喊着它的名字，或者干脆拎起它脖子上的颈圈，小狗不情愿地跟着主人下山去了，不时还扭回头。原来，它是知道太阳一出来，晨练就近尾声了，愉快的聚会结束了，它不情愿呢。

人类一直把狗当成忠实的朋友，喂养它们，宠爱它们，只是不知道，白天和漫长的夜晚，那些散落在各个家庭的宠物狗，它们孤单的身影在人类的家庭徘徊时，会不会也不时想起，每天早晨与它们一起爬山并快乐地玩耍的伙伴？

瘸腿的流浪狗

新居的边上，是一个城中村。一栋栋高楼，将这个曾经的小村庄团团包围，像一个巨大的天井。

村民们将临街的门面改造一下，就成了一个个小店铺，修锁的，扎花圈的，摆水果摊的，开小吃店的，雨后春笋一样冒出来。城中村渐渐热闹起来。

又开了一家芜湖小吃，听店主的口音，还真是老乡。于是，我经常到他店里吃早餐。

顾客并不多，基本上都是附近租住的民工。夫妻两个，女的在厨房里忙，男的在外招呼，脸上总是带着谦恭的微笑。双休日生意会好一点，夫妻两个忙不过来，他们有一个看样子只有八九岁大的孩子，就会帮爸爸端端盘子，收拾收拾桌子，瘦小的身影，不停地来回跑动，大冷的天，小脸上热气直冒，让人心疼。

每次只要孩子在店里，我都忍不住多看他几眼。我的儿子十五岁了，他妈妈却什么家务活都不让他做，比比店主的孩子，我的孩子真是生活在蜜罐里。

一个星期天，我正在吃早餐，小家伙收拾我身边的桌子。一个碟子里，还剩下半个肉包子。我看见他将几个碟子摞起来，而将碟子里的半个肉包子飞快地揣进了裤兜里。我惊呆了。他为什么要把顾客吃剩下来的半个肉包子藏起来？难道，难道他是要自己吃吗？

我食而无味，脑子里老是出现那半个包子。

吃过早餐，走出小吃店。拐弯时，猛然看见墙拐角一个背影，那不是店主的孩子吗？他在做什么？我不愿意看到这一幕：一个小吃店店主的孩子，偷偷吃顾客剩下来的半个包子。我加快了脚步。走过孩子身边时，我却意外地发现，他的脚下，竟然还蹲着一条狗，他正在用包子喂它。

那是一条我熟悉的狗。刚搬过来时，我就注意到了它，你没办法不注意到它，它的两只后腿是瘸的，总是被人追赶，拖着两只瘸腿，蹩脚地逃命。听说它是在这一带拆迁时，被突然倒下的一堵墙，压断了两只后腿的。原来的主人搬家走了，将它遗弃在了路边，从此成了一流浪狗。

小区里，常有人出来遛狗，都是一些高贵的名犬。刚开始，它会兴奋地一颠一颠地跑过去，两条狗互相嗅嗅，很亲热的样子。但多半会立即招来狗主人的大声训斥，他们不希望自己的宠物，和一条肮脏的残疾狗在一起厮混。如果它还不识趣，就会招来狗主人飞起一脚，汪汪惨叫着，瘸着腿逃开。

后来，不知道谁向小区保安告了它的状，从此，保安只要看见它在小区附近转悠，就会拎着一根棍子，将它驱开。已经有段时间没见到它了，以为它已经死了。没想到，一个跟随父母来城里打工的小孩，收养了它。

可是，小男孩的父母坚决不同意他收养这样一条狗，他们自己的生活已经不易，哪里还有条件和闲情喂养一条狗？小男孩便每天将顾客吃剩下的东西，悄悄拿去喂它，男孩的父母也睁只眼闭只眼。那条狗也很听话，从来不到小吃店去。去了，除了挨顿打，恐怕也是什么也得不到。

日子就这样平静地过着。小吃店的生意渐渐红火起来，店主的儿子，也在附近的一个民工子弟学校，上学读书了。听说，每天，小男孩还是会按时将顾客吃剩下的东西，送到瘸腿流浪狗藏身的地方，喂它。

不久前，推土机却突然开进了城中村，新一轮拆迁开始了。店铺纷纷关门。

那天吃早餐时，店主叹着气告诉我，明天就歇业了，今天是最后一次开业了。我问他，找好新店铺了吗？他愁着眉说，不好找，准备还是回老家去了。不知道为什么，我突然想起了店主的孩子和那条瘸腿狗，很想问问，话到嘴边，又咽了回去。

城中村很快淹没在巨大的机器轰鸣声中，站在我家阳台上，就能感到来自城中村猛烈的震动。有时，我会忍不住想起那个孩子，和那条命运叵测的瘸腿狗，他们还在一起吗？

一只拟人化的狗

真没有想到，父母竟然养了一只狗，而且已经养了快一年了。

母亲特别怕狗。记得以前在小区散步，远远地看见一只狗，哪怕是再小的一只狗，母亲都会闪到一边。父亲倒是不害怕，但他小时候在农村被一只恶狗咬伤过，自此对狗没了好感。

他们怎么可能会养起狗来了呢？

家门打开了，一只狗先伸出了脑袋。虽然母亲电话里已经告诉了我，我也做好了心理准备，但还是吓了一大跳，因为站在我面前的，是一只伸着长舌头，哼哧哼哧喘着粗气的大狼狗！母亲安慰我，别害怕，"花花"不像个卫士，倒更像我们家的礼仪小姐。

"花花"是它的名字。果然，花花只是围着我嗅了嗅，就开始摇头摆尾了，仿佛很熟稔的样子。母亲说，它经常去你的房间，熟悉你的气味呢。

吃过晚饭，陪父母在客厅坐下来，闲聊。花花安静地卧在母亲脚边，不时用舌头舔舔母亲的脚背。

母亲说，花花很通人性呢。

过节的时候，你爸爸单位发了一箱子芒果。搬回来后，就放在门厅。每天，我和你爸各削一个芒果吃，芒果很甜，味道很好。但是，有天晚上，我准备削芒果时，你爸爸却说，他不要吃了，因为他白天刚在报纸上看到说，胃不好的人，不宜吃芒果。你爸还皱着眉头说，难怪这几天胃不太舒服，原来都是芒果吃出来的。

我就自己削了一个芒果。数了数，还剩下最后六个芒果。

你绝对不会想到，第二天早晨，我们起床后，惊讶地发现，剩下来的六个芒果，全被花花叼到了狗窝旁，一个一个全都咬烂了。花花不吃水果的，很显然，它是故意的。这么好的芒果啊，太可惜了。我很生气。可你爸爸却笑了，夸奖说花花真懂事，知道他不能吃芒果，所以才将芒果都咬烂的，要不然，怎么放在门厅一个多星期了，它都没咬，单单我们昨晚一说，它就将芒果全咬烂了呢？

母亲说，平常我对花花最好了，但它就是跟你爸亲，女儿都亲爸呢。花花是只母狗。看来，他们是把花花当女儿养了。

坐在一边的父亲插话说，我看花花还是跟你妈亲。说着，顺手拿起茶几上的电视遥控器说，这是我们家第五个遥控器了，原来的遥控器，被花花啃坏了。买回来一个新的，没到一个星期，又被它啃坏了。前后已经被它啃坏了四个遥控器。

母亲接话说，那你知道花花为什么要咬遥控器吗？转身对我说，我有时不在家，让你爸管管花花，带它出去遛遛，可是，你爸却常常只顾自己看电视，完全把花花给忘掉了，花花只能可怜巴巴地趴在电视机前，你爸却盯着电视，看都不看它一眼。它一定是恨透了电视，所以，才把遥控器给啃坏的。

说着，母亲指指茶几，上面放了这么多东西，为什么它别的都不啃，却只啃遥控器呢？道理很简单，它恨它呗。

父亲摇着头说，其实花花就是个破坏分子，养它快一年了，咬坏了十几双鞋，啃坏了四个遥控器，还咬烂了我们六七副眼镜，有一次，甚至把我刚买回来的整条香烟都给撕烂了……

母亲说，花花喜欢撕咬你的香烟，那是它知道香烟有毒，是心疼你呢，我支持它。

就这样，父母亲你一言，我一语，讲的全都是花花的故事。花花真是恶行累累，比我小时候破坏性大多了，奇怪的是，他们说起这些时的语气，竟然没有丝毫的责备，反而充满了怜爱。好像他们谈论的，不是一条狗，而真的是他们的掌上明珠似的。

夜渐渐深了。

父母进了房间，关上门，花花温顺地趴在房间的门口。我也走进自己的房间，准备睡觉。被子很暖和，带着阳光的味道，一定是白天刚晒过。突然意识到，我已经一年多，没有回过家，没有睡过这张床了。

床上留着我的气息，餐桌边有我的气息，家里的每一个角落都有我的气息，花花一定都嗅到了，它一定很奇怪，怎么一直只闻到气息，却没有见到我的身影呢？

我早该回来的，爸爸妈妈。

第四辑　物语：一只拟人化的狗

275